Couleurs ... ...

L'ATELIER

D'UN PEINTRE.

SCENES DE LA VIE PRIVÉE,

PAR

MADAME DESBORDES VALMORE.

II.

PARIS.

CHARPENTIER,   DUMONT,

4, RUE MONTESQIEU.   88, PALAIS-ROYAL.

1833.

L'ATELIER

D'UN PEINTRE.

IMPRIMERIE DE P. BAUDOUIN;
3, RUE ET HÔTEL MIGNON.

L'ATELIER

D'UN PEINTRE.

SCÈNES DE LA VIE PRIVÉE,

PAR

MADAME DESBORDES VALMORE.

II.

PARIS.

CHARPENTIER . | **DUMONT**,
4, RUE MONTESQUIEU, | 88, PALAIS-ROYAL,

1833.

I.

LE COMÉDIEN.

Après une de ces lectures qui portent l'âme au recueillement : c'était, ce soir-là, le drame touchant de l'*Enfant prodigue* ; M. Dufar, demeuré seul avec moi, parut tomber dans une mélancolie toute sympa-

thique avec la mienne. Il avait clos ses re-
gistres de la semaine ; c'était un soir de
relâche aux travaux du théâtre ; sa petite
famille venait de sortir pour respirer l'air
frais de la promenade, sous la longue allée
d'arbres qui menait à l'église. Il dessinait,
tout rêvassant, un nouveau patron d'habit
pour Othello le Maure, qu'il avait une fois
récité devant moi, à ma grande terreur, et
plaisir, je l'avoue, Léonard.

Le tragédien hospitalier partageait ma
solitude avec la patience empressée d'un
religieux du mont Saint-Bernard : sa com-
pagnie m'était si douce ! Il y avait entre
nous une telle sécurité de cœur à cœur, que
le sien s'ouvrit et se replongea devant moi
dans son jeune passé, qu'il me fut doux de
connaître ; car ce fut encore là une de ces
confessions auxquelles le ciel doit prêter
l'oreille, comme je lui ouvris la mienne,

avec une indulgente tristesse, et, pourquoi ne le dirais-je pas? avec amour aussi, amour plein de charité; une de ces confessions qui se scellent, à la joie de celui qui parle, comme de celui qui écoute, par le mot divin, le mot désaltérant : *pardon!*

Celle-là, Léonard, n'est celée d'aucun mystère; elle peut servir, en vous la révélant, à vous faire mieux connaître celui que Dieu mit sur mon passage, pour m'apprendre à ne mépriser légèrement aucune profession.

— J'étais, me dit-il, destiné dès mon enfance, à continuer la carrière dans laquelle mon père s'était distingué. Besançon, qui m'a vu naître, devait me voir l'honorer, comme lui, de mes talens utiles : une destinée plus forte que la volonté des hommes brisa un fil de notre existence, et tout le plan roula dans l'abîme du hasard.

1.

Ma mère mourut! Son deuil me couvrit au collége : tout le collége se couvrit de mon deuil. J'idolâtrais ma mère ; jamais je n'avais pu me figurer la Providence que sous les traits de ma mère. Quand je sortis, je trouvai sa place prise, et non remplie, dans la maison de mon père, par une femme dont l'aspect serra mon cœur d'une inconcevable tristesse. Elle m'appela : *mon fils*! Il fallait lui répondre par le mot poignant et vide alors de : *ma mère*!... Je fondis en larmes, et je m'enfuis dans ma chambre. Mon père m'y poursuivit : là, avec une émotion où perçait trop de reproche, il combattit ma douleur par des raisonnemens que mon âme n'entendit point, car il ne pleurait pas ; et j'aurais voulu de ses larmes pour les miennes, pour lui sauter au cou, pour crier : *Ma mère! ma mère*! en me roulant sur son cœur... Il m'ordonna de cacher mes regrets; je le promis, et je tins parole.

Sa femme offensée ne me revit qu'avec embarras et froideur. Je ne me rappelle pas de lui avoir jamais répondu par un autre sentiment : il y avait une tombe entre elle et moi; elle n'y jeta pas une fleur; le monument grandit au lieu de s'abattre : je me sauvai dans les distractions innocentes de mon âge; elle les reprit avec aigreur; mon père m'en fit des crimes, l'esclavage m'en fit un ardent besoin. Je passai deux ans de lutte entre la contrainte la plus austère et la liberté qui m'appelait : la liberté l'emporta. Je me fis l'habitant le plus assidu d'un café peu fréquenté à l'autre extrémité de la ville; je ne connaissais aucuns jeux, mais je regardais jouer; je regardais sans voir. Une vague rêverie me voilait tous les objets; ce lieu me plaisait, parce que j'y étais seul, au milieu de quelque agitation. J'avais choisi un coin où je passais des heures sombres et abstraites ; j'y vivais en moi, j'y portais mes livres : on me laissait là, par étonnement d'abord, puis par habitude, et, comme me le dit naïvement le maître, pour la montre... Rien n'attire moins qu'un café vide ; quand j'y étais, fût-ce à ne rien prendre, c'était toujours cela ; ma présence à travers les carreaux brillans, attirait un passant qui balançait, et qui sans moi, peut-être, eût continué sa promenade.

Le second mariage de mon père lui avait donné déjà deux enfans ; cette fécondité qui le rendait fier, mit le comble à la puissance irritable de ma belle-mère, qui me regardait de travers quand je n'embrassais pas les deux petites idoles, dont je ne pouvais faire encore les miennes ; car ces pauvres marmots, étouffés de gâterie, pleuraient effroyablement, ou me donnaient des coups de poing au visage, dont j'avais l'indignité de ne pas sourire. Ne pas faire danser ses enfans! ne pas les suivre ou les traîner à la promenade dans leur chariot d'osier! j'étais donc un monstre? Mon père me demanda si j'étais un monstre : je me sentis perdu.

Je le regardai, stupéfait de surprise et de tristesse; mais, croyant que dans cet enfer dont il était le juge, il entendrait au moins son propre cœur, je pris gravement une de ses mains, que je portai à ma tête brûlante; il ne me comprit pas; il me repoussa même avec rudesse : hélas, c'était vrai, j'étais perdu.

Le soir même, entraîné par un désœuvrement plein d'amertume, je suivis quelques écoliers en vacance qui me payèrent la comédie; car, dans un système moral, et pour

me forcer à garder la maison, ma riche belle-
mère avait soin que je fusse toujours aussi
léger d'argent que de bonheur.

J'allai m'installer, distrait et sérieux, près
de l'orchestre, dont le bruit assourdissant
me faisait du bien, en perçant mes idées
noires de toute la puissance aiguë d'un fla-
geolet qui semblait pousser des éclats de
rire dans mes oreilles ; d'une flûte pleurante
comme ma mémoire, et qui chuchotait à
travers ce tourbillon de musique, des
mots à me baigner de sueur et de larmes :
mon enfant!... mon fils! ta mère! ta mère!...
et puis les trombonnes, et puis les basses
austères, mais sensibles. — Tout cela
m'étourdit, tout cela me donna la fièvre,
— fièvre oublieuse, céleste, bienfaisante !
Je me mis à écouter de toute mon intelligence soumise, les acteurs, les chanteuses ;
leurs plaintes, leurs chœurs, leurs cris, qui

me faisaient palpiter et bondir sur le banc presque désert, où m'avaient laissé mes mobiles camarades, plus pressés des coulisses, pleines de cordages et de lampions fumans, que de cette rêverie sonore qui réveille la prière, et tout ce qu'il y a de tendre dans le malheur !

N'ayant pu me déterminer encore à suivre mes hardis compagnons, j'enviai tout à coup leur audace. Mon admission à ces sortes de mystères d'Isis me parut être le seul bonheur auquel il me fût permis de prétendre: je me fis un ciel au-delà de ce long rideau mal doré, ennobli d'un Apollon affreusement dessiné, mais qui, porteur d'une lyre entrelacée de lauriers, représentait le Dieu des arts avec un air si engageant, qu'il me fut impossible de me soustraire au charme, et de ne pas lui tendre les bras, à lui, qui me tendait les siens. Frappé d'électricité dans

ma langueur solitaire, un rayon m'illumina;
je résolus d'aller droit à lui comme le Mage
avait suivi l'étoile. J'entrevis dans les arts
l'asile, la chartreuse, le port où ma jeunesse négligée devait se précipiter en
aveugle.

Et je regardais OEdipe chantant, gé-
missant; je souffrais de ses cheveux blancs,
de sa fatigue, de sa fatalité : sur moi aussi,
disais-je, il y a quelque chose de fatal : je
deviendrai errant comme cela; on me re-
poussera à la porte des villes, on me chas-
sera des temples...... J'ai envie de chanter
comme cet homme, car cela me soulagerait!
mais j'ai une voix grêle et stridente qui fait
sourire les femmes. Oh! si Dieu, si ma mère
me soufflait une grande voix, j'exhalerais ma
tristesse comme cet homme qui me déchire;
je courrais le monde, je le remplirais de
mon abandon; je plaiderais ainsi mes causes

exilées, je les gagnerais peut-être! Hélas!
que je suis malheureux d'avoir une riche
et méchante belle-mère et une voix de fille!
Je rentrai sans parler à personne ; je sentais
sur mes lèvres une obstination de silence
qui tenait de la paralysie, et je me glissai le
long de l'allée sombre, jusqu'à ma chambre,
dont j'aimais à compter le carrelage rouge-
brun, que j'arpentais toujours seul et dont
je préférais la régularité monotone aux tapis
opulens que ma belle-mère foulait sous ses
pieds.

Une bonne vieille servante qui venait de
m'ouvrir, croyant que je n'osais me montrer
à souper, vint me demander avec un empres-
sement inquiet si je voulais manger seul ; je
lui répondis par signe que je ne voulais rien,
et je m'établis dans un ancien fauteuil de
ma mère, si profond qu'il me tint lieu de
lit, car je m'y retrouvai le lendemain, après

y avoir subi le plus profond sommeil qui ait jamais engourdi les facultés d'un jeune homme travaillé par le chagrin.

— Monsieur déjeunera-t-il? vint me demander ma vieille Dorothée, toute triste de ne pas me voir descendre; je réitérai mon signe de la veille et je plongeai ma tête sous mes mains, pour retrouver mon sommeil plein d'oubli et d'un léthargique bonheur. Ce n'était plus cela : tout Sacchini roulait comme de l'eau pure dans mon cerveau mélomanisé; un écho distinct et mesuré éveillait de minute en minute les notes qui s'y étaient enfermées à mon insu; j'avais un mal de tête lourd et parfois aigu, mais ce mal me plaisait, car il faisait de la musique en moi; il frappait sur mes tempes tout ce que j'avais entendu de beau, de plaintif la vieille; je ne bougeais pas, j'étais bien, je n'avais de perception que pour

lancer un vœu en dehors de ma délicieuse souffrance; ce vœu, c'était que personne ne vînt parler autour de moi ; cette
crainte seule exaltait mes nerfs et donnait
une énergie d'autant plus active à ma mémoire, qui se hâtait de me raconter tout
ce que je brûlais d'apprendre !

Ma tête, mes bras, mon cœur, semblaient inondés d'une harmonie chaude et
pénétrante qui s'infiltrait par tout mon être;
ma poitrine haletante s'élevait pour pousser
des accens qui m'étouffaient : il n'y avait
pas moyen : mon gosier comme un instru-
ment inexercé, se fermait obstinément au
souffle mélodieux qui demandait à s'ouvrir
un passage.

Je demeurai ainsi bien des heures au fond
de mon fauteuil, dans une obscurité qui
remplaçait la nuit, car les volets fermés
ne laissaient nul accès au soleil qui avait

réveillé toute la ville. Mille louis, je les eusse refusés pour laisser entrer le soleil dans ma harpe, ou plutôt dans mon orchestre vivant, dont l'éclosion compléta ma croissance. Ce fut ainsi, je crois, par la fervente pitié de la nature, de ma mère! qui m'aidait à briser cette nouvelle chrysalide et m'arrachait tout d'un coup à l'incertitude de ma destinée.

Je vous jure, mon père, qu'elle me disait aussi clairement que je vous parle : *Chante* ! et je riais d'un rire délirant, sans pouvoir ni m'éveiller tout à fait, ni chanter comme j'en recevais l'impérieux commandement.

Dans cet état de torpeur profonde , éprouvé une fois, jamais oublié , je sentis, sans pouvoir m'y soustraire, qu'on me regardait avec inquiétude, qu'on relevait mes manchettes et qu'on me tâtait le poulx : je

ne bougeai pas ; je chantais en dedans. On
passa la main sur mon front ; je demeurai
immobile , car cette main n'était pas of-
fensante , et ne dérangeait rien à la musique qui ruisselait dans mes veines ; et
puis , (j'en soupirai d'une joie immense)
durant un long intervalle , je ne sentis plus
rien !

Tout à coup une contraction douloureuse
et brisante m'atteignit au creux de l'esto-
mac , comme quelque chose d'aigre , de sifflant et de persécuteur.

— C'est par trop se singulariser ! disait-
on en montant rapidement l'étroit escalier
de ma chambre : et cela me faisait le bruit
sourd d'une armée ennemie : c'était la voix
de ma belle-mère. — Voyons ! voyons ! répondait celle de mon père ; je vais lui faire
passer l'envie de dormir... — C'est un jeu
pour vous braver , reprenait-elle ; car on

l'a vu fort bien éveillé hier sur les bancs du théâtre.

— Je lui donnerai de la bravade , moi ! répliquait mon père plus aigri. Et j'attendis sans pouvoir soulever encore l'étrange table d'harmonie qui m'oppressait d'un bonheur étouffant : je ressemblais à un rossignol asphixié sous une cage de verre.

Mon père , excité par la malveillante ironie de sa femme, me secoua fortement , ce qui me donna un sursaut de colère. J'ouvris des yeux égarés de sommeil, et saisi de son apparition, qui m'avait toujours inspiré une vénération mêlée de crainte, je me détournai vivement vers le visage froidement moqueur de son guide, en criant d'une voix de tonnerre : Qu'on me laisse chanter ! Elle se recula pleine de terreur, car mon père et moi-même demeurâmes interdits de la voix mâle qui avait remplacé mon fausset d'enfant de chœur. Il m'adressa quelques questions auxquelles je me trouvai comme lui, fort étonné de répondre sur un ton grave comme le basson qui m'avait en-fiévré la veille, et qui avait mugi dans mon cauchemar.

Dorothée poussa un cri, et leva ses mains sur sa tête, quand je lui dis avec ma voix nouvelle, que j'avais une grande faim. Elle eut besoin de m'aimer d'enfance pour ne pas s'enfuir à mes paroles d'amitié, dont la vibration me causait autant de surprise qu'à elle, et qui fut long-temps pour moi la cause d'une sensation bizarre. Mais je chantais! ô joie! j'avais retenu presque en entier l'opéra qui venait de me créer une voix. Ce petit événement courut par la ville : des musiciens voulurent m'entendre; ceux de la cathédrale comparaient ma voix à l'orgue, que je surmontais sans effort, et

ceux du théâtre me déclarèrent qu'elle était
la plus belle de France : je partis trois mois
après avec les comédiens, qui me firent partager loyalement leur bonne et leur mauvaise fortune.

Mes progrès dans leur art passèrent leurs
espérances. Je fus accueilli partout avec
transport : on m'applaudissait; on criait
d'étonnement; surtout, on pleurait de cet
accent que j'écoutais moi-même avec une
pieuse reconnaissance, persuadé, comme
je le suis encore, que c'était un héritage de
ma mère. Ah! j'aurais pu lui devoir bien de
l'or, ou d'autres jouets inutiles qu'appré-
cient quelques hommes : une sauvagerie
invincible me les faisait dédaigner. Je fuyais
l'acclamation, dès que j'avais cueilli la
palme, et rien n'est si vrai de dire que je
me sauvais du monde, dans cette carrière
qui en est comme à côté; je trouvais bon

de m'isoler des hommes, au milieu desquels j'aimais pourtant à vivre, sous le nom de Dufar, qui me cachait aux recherches de mon père irrité : je remplis ainsi ma vocation d'artiste... et d'homme malheureux ; car, sous mes triomphes, une pensée me rongeait : la colère de mon père. Peu à peu ses torts avaient disparu devant moi ; je ne me ressouvins que de ma tendresse pour lui. Cette mélancolie se fondit avec la première, et, muni de l'argent que je devais à mon travail, après quelques années d'ivresse et d'une gloire qui m'était souvent amère, je retournai en secret dans ma ville natale, que j'avais fuie, ou qui m'avait rejeté de son sein ; Dieu jugera ! Je passai plusieurs jours à rôder avec précaution dans ma rue, regardant de loin le seuil qu'il ne me vint pas d'abord en espoir de franchir. Peu à peu je m'enhardis ; car je n'avais pas encore

eu le bonheur d'entrevoir mon père entrer ni
sortir, et je mourais du besoin de le revoir!
Une fois, vers la brune, je m'aventurai,
pas à pas, le cœur battant comme une hor-
loge; je franchis le ruisseau, pour marcher
du moins avec certitude, sur les pierres où
il marchait souvent; et, perdu dans une rêverie pleine de charme et de tristesse, je
bondis tout à coup de frayeur en entendant
ouvrir la porte. « Que faites-vous là? »
me dit la vieille... oh! bien vieille Dorothée,
qui me prit pour un voleur, peut-être, car
j'étais enveloppé d'un long manteau, et
changé à ses yeux affaiblis, par un déve-
loppement dans ma taille et mes traits, autant que par plusieurs années d'absence.
— Dorothée! — lui répondis-je en lui tendant ma main qui tremblait, je l'avoue.
Elle recula contre le mur pour y chercher
un appui; car elle m'avait reconnu, et le

saisissement la faisait défaillir. Je lui racontai, en peu de mots, ma vie errante, et ce
mal impérieux, ce mal du pays, frénésie
filiale et tendre, qui enfièle tout l'air étranger qu'on respire, jusqu'à ce qu'on revienne
désaltérer son cœur à celui de la naissance.

—Dorothée ! lui dis-je enfin, si vous voulez que je vous bénisse en mourant, faites-
moi voir mon père ! ouvrez-moi une porte
jusqu'à lui. C'est dans ma tête ; je veux, ou
lui pardonner,... ou qu'il me pardonne....
n'importe ; ce sera comme il voudra dire.
Ah ! je n'y mets pas d'orgueil ; il choisira.—
Dorothée pleura, et me promit tout ce que
je demandais. Le lendemain, suivant les
instructions que j'en avais reçues, je me trouvai devant ma porte ; ma porte ! j'avais ré-
pété ce mot-là quarante fois dans ma nuit
éveillée ; j'avais embrassé les joues flétries
de Dorothée ; car elle avait dit : *Votre porte.*

C'était comme si elle eût dit : votre paradis perdu !

C'était un dimanche. A pareil jour, mon
père déjeunait seul, et restait dans son ca-
binet jusqu'à midi; sa femme alors était à
l'église; je lui sus, en moi-même, un gré
infini de remplir ainsi la matinée. Je priai
Dieu, peut-être avec plus de candeur qu'elle,
qu'il me permît d'en faire un bon usage, et
je suivis mon vieux guide, qui ne tremblait
guère moins que moi, jusqu'à l'entrée un
peu sombre de l'étude; là, les jambes me
manquèrent; je repris haleine; je regardai
tout mon père! Il me parut plus grand,
plus redoutable, plus aimé; car il avait
souffert, et ses cheveux étaient tout blancs;
je le voyais de profil, éclairé par les fenê-
tres de la rue, occupé, près d'une grande
table, à ranger ses papiers avec ordre; et
les pas qu'il faisait d'un bout de cette table

à l'autre, me parurent lents et maladifs. Je
ne sais si la raison m'abandonna, ou si j'obéis
à une inspiration de Dieu qui me poussait
dans l'ombre; mais j'entrai plein d'une
résolution invincible, et me précipitant à
genoux au milieu de l'étude, je la remplis
de ma voix suppliante qui sortit avec ce
chant du malheureux Sylvain, plus solennel
encore dans ma fierté d'homme prosterné

« Je puis braver les coups du sort,
« Mais non pas les regards d'un père;
« Pour m'exposer à sa colère,
« Non... mon cœur n'est pas assez fort! »

Et mon père me regardait immobile; effrayé
d'abord de mon aspect imprévu,
comme d'une apparition de l'autre monde,
ma voix l'asservit, car elle était pleine de
larmes et de puissance : il m'écouta sans
faire un mouvement, même des yeux, qu'il
fixait sur moi, sans colère, et qui finirent

par se mouiller de clémence; je ne tardai
pas à le sentir. Mes sanglots ayant arrêté
cette prière d'une nature inusitée, je ca-
chais, comme un enfant craintif et doux,
mon front dans mes mains : il se jeta vers moi :

— Lève-toi! me dit-il; lève-toi! Éma-
nuel... C'est trop fort pour moi de te voir à
genoux. Viens donc! Et il me souleva de
terre, d'où je l'embrassais avec toutes mes
caresses comprimées depuis six ans; dont il
ne s'était pas privé lui-même sans quelque
repentir peut-être !

— Qu'as-tu fait, me dit-il, pendant tout
ce temps-là?... Oh! quel intervalle long et
désert il y avait dans l'accent de cette question ! Elle me vibre encore dans la poitrine. Je lui racontai mon pèlerinage, ma
solitude bruyante et ma destinée de plaire...
aux étrangers. Il n'osa rien me raconter, lui!
Il soupira, et se tut quelques instans.

— Es-tu heureux là dedans? finit-il par me dire, Si je te savais heureux, eh bien!... je te pardonnerais, et je dormirais plus tranquille.

— Dormez, mon père, lui dis-je en pressant avec amour sa main qu'il me laissait; dormez! je suis, je serai heureux; car me voilà sûr que vous ne me haïssez pas.

— Prends quelque chose, répliqua-t-il, car je te trouve bien pâle... Es-tu devenu pâle ainsi depuis que nous ne nous sommes vus? Son regard, en me disant cela, était bien celui d'un père!

Je l'assurai que je me portais bien. J'ai encore la joie de l'avoir revu sourire à cette réponse. Il balança sa tête d'un air rassuré, qui semblait me dire : merci.

— Madame! voilà madame! dit en entrant à demi Dorothée, bien sûre d'annoncer une fâcheuse nouvelle.

— A propos! répondit mon père, qui sembla s'éveiller péniblement. Mais, reste, elle ne dira rien... j'espère! Et je vis qu'il ne l'espérait pas; ni moi non plus, franchement, et nous ne nous trompions ni l'un ni l'autre. Elle entra presque aussitôt, la figure contractée et saisie d'un trouble amer qui ne ressemblait pas au nôtre.

— Je vous dérange, dit-elle, avec une courte révérence, me regardant à peine, et plongeant sa curiosité jalouse dans l'émotion de mon père.

— Il passe par Besançon, répondit-il d'une voix faible, qu'il s'efforçait de raffermir, et il est venu nous voir.

— C'est fâcheux aujourd'hui, repartit-elle en le fixant en face, de ce regard impérieux qui défend le démenti; c'est très-fâcheux, car vous ne dînez pas chez vous!

Oui, madame, repris-je avec une po-

litesse calme, comme n'ayant entendu et
ne répondant qu'à mon faible père ; je passe,
et je n'ai qu'un jour à donner au bonheur
de revoir mon père !

— Tu pars demain ? dit-il, comme jetant
une parole de paix au-devant du courroux
mal déguisé de ma froide belle-mère.

— Ce soir, mon père, répondis-je avec le
même calme ; car je sentais que j'avais obtenu tout ce qu'il y avait à obtenir pour moi
sous ce toit paternel. J'étais content... content ! Je partis, du moins, comme si je l'é-
tais. Je ne me refusai pas néanmoins, la
douceur de revoir ma chambre : j'y montai,
sans m'embarrasser de l'étonnement de ma
belle-mère , qui me suivait des yeux ; je
m'assis encore dans ce fauteuil à rêves où
j'appuyai mon front. Cette chambre était
tout encombrée d'objets de trop dans un
ménage ; j'en dégageai le fauteuil de ma

mère, pour mieux l'isoler dans ma mémoire ;
puis, après l'avoir salué d'un dernier adieu,
peut-être, je m'approchai de la fenêtre,
vitrée à petits carreaux gothiques. Au moyen
d'une épingle à diamant, qui m'avait été
donnée à la suite d'un concert spirituel, dont
j'avais chanté seul toute la partie vocale, je
gravai, sur une vitre scellée en plomb, le
jour de mes adieux à mon père, mon triste
nom d'Emanuel, et le nom plus tristement
oublié de ma mère.

En me retournant pour sortir, je vis Dorothée qui pleurait à la porte. J'attachai
mon diamant à son bavolet de toile grise,
et je lui dis :

— Dorothée, prenez bien soin de ce fauteuil, et tâchez qu'il reste toujours à cette
place. C'est une idée de rêveur : car je rêve
souvent, bonne Dorothée. Et si vous pouvez jamais, un matin, un dimanche, déci-

der mon père, seul, à monter dans cette chambre, faites-lui voir ce carreau, que vous tiendrez net et brillant sur tous les autres.

Je m'enfuis. Je repris ma vie errante, pleine de hasards tristes et brillans, qui ne m'ont pas, vous le voyez, conduit à la fortune ; et si votre lecture de l'Enfant prodigue m'a porté à vous ouvrir mon âme, toujours fermée à la plainte pour ceux qui m'entourent sans me bien connaître : c'est qu'elle m'a percé le cœur d'un souvenir puéril en lui-même ; mais cette Bible éveille tous les mystères ensevelis dans l'homme. Je pleurais là comme un grand enfant que je suis ; je me disais : Ils n'ont pas tué le veau gras, quand j'ai reparu dans la maison de mon père !... Quelle pénitence m'imposerez-vous pour ce reproche, le seul qui se soit tourné, depuis vingt ans, vers mes riches foyers, dont je n'ai dévoré ni appelé l'héritage?

J'eus beau rêver, quand M. Dufar eut cessé de parler, je ne sus quelle pénitence infliger à ses larmes ; et je pleurai avec lui, remettant tout à la justice divine.

II.

RETOUR DU CURÉ

M. Dufar, qui était directeur ambulant d'une troupe d'artistes, m'en paraissait aimé, je dois dire de plus, honoré comme le chef d'une tribu laborieuse; son caractère était si plein de charité! j'en étais un exemple si frappant, que je ne peux me refuser le plaisir de vous raconter encore ce qui lui arriva un jour que, pour moi, peut-être, il s'était efforcé de rompre la frugalité ordinaire de nos repas. J'y vis apparaître avec étonnement une belle poularde brûlante et couleur d'or. Les enfans battirent des mains, et, comme je dois en faire l'aveu dans l'autre vie, je ne veux pas vous celer qu'elle me rappela avec quelque douceur les jours où, moi aussi, j'avais offert un tel festin aux indigens qui m'aimaient dans ma patrie absente.

Tout à coup un de ses comédiens entre, la tête mauvaise et montée; il demande de l'argent. M. Dufar, sincère et pénétré, lui jure, la main sur le cœur, qu'il n'a pas d'argent.

—Ah! bah! reprend le pensionnaire, aigri ou exalté par l'odeur de la poularde,

Voilà la preuve que vous manquez d'argent !

— Mon ami, répond mon hôte, crois-moi, je l'ai tuée dans l'impossibilité de la nourrir.

Le comédien n'est point apaisé par cet aveu ; au contraire, il s'enhardit : et sautant vers la table, par-dessus la tête de l'enfant, il s'empare de notre espérance par les ailes, et l'emporte effaré d'audace et d'appétit.

— Attends! attends ! imbécile sans prévoyance, crie M. Dufar en le poursuivant : tu oublies le pain pour manger avec. Et il lui descend un pain énorme, qui rend le dérobeur confus, peut-être, mais reconnaissant et soumis.

Il joua le soir : on fit de la recette ; et nous eûmes le lendemain, quand j'y pense, deux poulardes, et deux convives affamés de plus !

Je n'ai pas vu, durant l'aumône intime

que j'en recevais, un signe de colère ou
d'orgueil, chez cet interprète des passions
violentes. Quand j'oubliais sa profession, ce
qui m'arrivait souvent à cause de ma mémoire troublée, je le prenais pour un saint,
un curé moins malheureux, et peut-être
meilleur que moi; seulement, le rouge qu'il
mettait à ses joues et qu'il oubliait toujours
d'effacer, dérangeait mes idées; mais pour
ma vie, je n'aurais osé le lui dire, car c'est
le seul défaut que je lui aie connu : et j'ai
su depuis que c'est une obligation incommode de l'art qu'il professe; il était d'ailleurs si affairé dans l'intérêt de tous, qu'il
me parut à la fin bien excusable d'oublier
ces taches qui me faisaient un peu de peine :
je vous jure, Léonard, qu'à présent je n'y
pense plus. Je vois si bien son cœur à travers cette figure! Dieu ne nous regarde-t-il
pas à ce compte, fussions-nous affreux?

Il perdit un jour sa montre avec la même résignation : en se rendant seul, un peu tard et en avant de sa troupe, dans cette ville à théâtre, il fut abordé sous une fourrée d'arbres, où il récitait, nous dit-il, pour son début sur notre scène, une tirade sur la liberté, il fut, dis-je, arrêté par deux voleurs qui lui demandèrent la bourse ou la vie. Il les regarda avec ce calme profond qui le fait aimer de ceux mêmes qui essaient d'en rire : « La bourse, messieurs ! dit-il, c'est impossible : je n'en ai pas. Je n'ai qu'une caisse vide, qui vous serait incommode à porter, et que je vais tâcher de remplir pour mon usage. La vie, j'en ai besoin pour mes fonctions de directeur du spectacle de cette ville que vous voyez d'ici, et où vous me feriez plaisir de venir prendre deux parterres, car je fais de pauvres recettes. » L'un des voleurs, qui s'accommodait assez peut-être de cette

3.

expédition pacifique , lui fit ressouvenir qu'il avait du moins une montre. — Ah! vous avez raison, dit M. Dufar, en la tirant lui-même de sa poche, pour empêcher le voleur de le toucher. Si vous la voulez absolument, messieurs, je vous la cède : mais je vous conseille de la garder plus long-temps que moi, car elle est très-bonne; et il me fallait une occasion comme celle-ci pour m'en défaire.

Les voleurs le lui promirent, et ils se quittèrent sans haine. Il n'éprouve ce sentiment que le soir, dans les tirades qu'il a récitées quelquefois devant moi de façon à m'épouvanter pour le salut de son âme. Mais je crois que ce sont des jeux d'enfans, comme il dit lui-même, des leçons pour corriger les méchans, dont il se croit le maître d'école le plus dévoué; car il est en effet régulièrement poignardé pour le bon exemple, toute les fois qu'il représente un monstre moral, dont il paraît imiter fort bien les cris formidables et les yeux farouches.

Sa maison, qui était devenue la mienne (malgré les instances que j'avais faites pour partir, guéri de ma peur, et décidé que j'étais à rentrer dans ma chère province, mais où il voulait me ramener lui-même sous bonne escorte, c'est-à-dire avec la troupe et les chariots qui devaient incessamment la transporter ici), sa maison, dis-je, me parut tout à coup plus bruyante et plus habitée. Ce tumulte était en effet causé par la présence d'un danseur de corde fameux, surnommé, je crois, Forioso, ou le Petit-Diable, et de toute sa voltigeante famille. Je vis cet homme, d'un extérieur simple et mélancolique, venir traiter honnêtement avec M. Dufar de leurs intérêts communs; et je rabattis encore beaucoup de mes an-

ciennes idées. Je les trouvais tous, je vous
l'avoue, pleins de décence, de probité et de
bonne grâce entre eux : je ne dis pas cela pour
contrarier personne, mais c'est ce que j'ai vu.

Un soir l'enfant de sept ans, mon doux
gardien, à la figure séraphique, me quitta
aussi pour aller représenter le fils de Guil-
laume Tell. — Tiens, me dit-il en m'em-
brassant, et me tutoyant comme dans la
Bible, prends ces deux lumières pour te
faire une illumination dans mon absence.
Moi, si je joue bien, j'aurai deux chan-
delles, et je remplacerai celles-ci.

Je tremblai qu'il ne manquât de mémoire, le pauvre petit! Je me mis à balbu-
tier dans l'ombre un *pater*, pour qu'il parlât
haut, pour qu'il se tînt droit et sans peur.
J'espère que Dieu m'a pardonné cet enfantillage; mais le petit comédien était vrai-
ment un ange.

Je soufflai les deux lumières qu'il m'avait laissées pour épargner un peu, car je me reprochais tout ce que je coûtais à ce bon tragédien; puis l'ennui me gagna, car la chambre était sombre; et je n'y voyais pas le ciel ni les étoiles, comme dans mon cimetière ici, ce qui rend pour moi toute nuit supportable. J'allai à tâtons dans le corridor, où une large fenêtre me donna la joie d'un clair de lune, plein de consolation et de calme!

Toutes les abeilles de cette ruche en étaient dehors; je pensai avec attendrissement que du peu de miel qu'elles rapporteraient le soir, il y en aurait aussi pour moi, pour moi! si inutile alors au monde! cette pensée m'attrista profondément.

Mais qui sait? répondis-je à moi-même, si Dieu ne me gardait pas comme un moyen de salut pour cet homme qui m'a sauvé la

vie par sa charité modeste. Il m'a placé sur
son chemin peut-être aussi pour donner un
grand exemple aux riches..... hélas! et aux
curés qui détournent leurs yeux du prochain
suppliant. Ah! si jamais mon église se
relève, avec l'orgue et l'encens, et les
fleurs, qu'ils viennent, les Dufar, je les ac-
cueillerai dans le baptême et dans la mort!
Oui, mon Dieu! dis-je en ôtant mon chapeau devant ce ciel étoilé, et plein d'un
élan d'espoir et de foi; je les enterrerai! je
prierai beaucoup pour eux; car, hélas!.. ils
ne prient peut-être pas souvent.

Un bruit léger que j'entendis au fond du
corridor me fit retourner la tête du côté où
une lueur assez vive, que je n'avais pas ap-
perçue dans ma contemplation du ciel, attira mes yeux et mon attention.

Une femme, qui se croyait seule, allait et
venait dans cette vaste chambre où étaient

étendus, rangés avec ordre, des costumes
bizarres et brillans, des couronnes de lau-
rier, des festons de fleurs, des robes trans-
parentes, avec des pluies d'argent à tirer les
yeux, des souliers de satin blanc, ou de ve-
lours brodés d'or; des pots de rouge; enfin,
tout ce qui sert à ce négoce aventureux et
en plein air de danseur de corde, dont
M. Forioso paraissait être le maître en gloire
et en courage, puisqu'il s'était surnommé
le Petit-Diable, à l'approbation de tous ceux
qu'il enivrait de ses bonds dans l'espace.

Je ne pus retenir un sourire en parcourant ce magasin de hochets pour les grands
enfans, et je me demandai s'il y avait là
de quoi damner raisonnablement des hommes, lorsque mes regards plus raffermis dis-
tinguèrent, dans le coin où brillait une lumière, un petit autel, une forme de chapelle recouverte de mousseline blanche, de

fleurs, d'une image de la Vierge, et d'un Christ en bois noir; je comptai les cierges; il y en avait sept. La femme qui se croyait toujours seule avec Dieu, se mit à genoux, se signa avec ferveur, et puis tendant les mains vers l'autel, resta plongée dans un recueillement qui me fit dire : c'est la mère !

Vous pouvez penser, Léonard, quelle joie pure m'inonda le cœur en retrouvant là mon Rédempteur honoré, prié, béni tout juste comme il veut l'être; et je ne perdis pas une si belle occasion de m'en faire regarder aussi dans l'ombre, où je semblais perdu.

Je m'agenouillai sur le seuil de la chambre, et ma prière d'abord mentale, s'éleva sans m'en apercevoir, si haut, que la femme tressaillit; mais courageuse, elle vint vers moi; mon humble posture et ce que je lui dis la rassurèrent vite; sa tendre superstition de mère, crut que j'étais là d'un heureux présage pour la sûreté de ses enfans. — N'oubliez pas qu'ils sont sept, me dit-elle en me priant de les bénir ; voyez ! les voilà représentés dans les cierges qui brûlent, et qui brillent ce soir comme sept étoiles véritables. Allons ! pas un ne sera blessé, j'en suis sûre ! dit-elle en essuyant une larme ; et vous, monsieur, n'en-êtes vous pas bien sûr aussi ? Car c'est pour cela que, tandis qu'ils s'exposent les jours de travail et de grandes représentations, je suis là ; je prie pour que Dieu ne les oublie pas, mes chers enfans ! si bons ! si pleins de courage, si pieux pour leurs père et mère !...

Ils rentrèrent tous, harassés de fatigue. Ils embrassèrent gravement leur mère, dont le premier coup d'œil, prompt comme le regard d'un aigle, avait été pour Pierre, le chef adoré de cette bande presque austère, je vous jure ; et je rentrai dans mon coin paisible, priant que la concorde dont j'étais témoin ce soir-là, régnât ainsi dans toutes les autres familles de la terre.

Voilà comment nous revînmes tous dans cette ville, où nous entrâmes de nuit : ce fut M. Dufar lui-même qui me ramena dans ma petite chambre, où je ne trouvai rien de dérangé depuis un grand mois d'absence. Il semblait que ma vie même fût restée là au porte-manteau, et que je la retrouvais comme un vêtement reposé; car, je vous confesse que je respirai du fond de ma poitrine, après un si étrange pèlerinage!

III.

LA BOUCLE DE CHEVEUX.

— Et puis, mon oncle? dit la nièce de M. Léonard, en voyant qu'il s'arrêtait tout à fait.

— Que voulez-vous que j'ajoute? répondit-il en tournant les yeux autour de lui. Je

fis ma barbe le lendemain, et je fus voir la
comédie. Le reste est froid comme de la
cendre. La mort inévitable de ma mère
me renvoya vers Paris, douze ans après
la visite que je lui avais faite. Je revis
Marianne, pour me convaincre que bientôt
je ne la verrais plus ; non qu'elle ne fût pas
belle et brillante, à la mode et adorée !
Mais moi, qui la connaissais à travers ses parures, et sous l'éclat nouveau dont elle était
environnée, je vis, que bientôt je ne la verrais plus. L'air seul dont elle me serra
la main sans parler, quand nous fûmes
seuls.... Ah ! il y avait tout un testament
dans son regard. Je frémis qu'elle ne me
redemandât son portrait : loin de là ! J'étais,
tenez, où vous êtes, un jour, quand je m'entendis nommer au dehors par une voix de
femme ; j'ouvris. Je m'étais renfermé alors
dans ce talent de portraitiste, et j'imagi-

nai qu'on me cherchait à ce titre. La belle
dame entra, me salua, et s'assit fort émue :
je restai debout respectueusement devant
elle, et j'attendis.

—C'est Monsieur Léonard? dit-elle à
voix basse et triste : je m'inclinai. Alors
elle tira de sa poitrine un papier qu'elle me
remit en silence. J'y lus mon nom et je l'ouvris.... Il contenait une boucle de cheveux
noirs, nouée d'un ruban noir. Je tremblai
et je devins pâle. Quand je reportai mes
yeux sur la dame silencieuse, je vis les siens
pleins de larmes. Elle les couvrit de son
mouchoir, et sortit sans pouvoir articuler
un mot, ni moi. C'était l'adieu muet de Marianne.

Elle n'était plus alors sur la terre, qu'où
vous venez de la reconnaître.... Je restai
un an paralysé dans mon lit.

Je n'ai pas besoin de vous dire qu'il y a

encore beaucoup d'elle dans mon triste in-
dividu, dont elle s'était emparé pour n'en
faire qu'un mauvais peintre et un homme
assez malheureux! Que voulez-vous? Si
j'eusse été oiseau, j'aurais vécu dans l'air.
J'étais homme, et j'ai passé dans le feu.
L'homme n'est-il pas, dans son orgueil, le
roi de tous les élémens?

Que pouvais-je désirer et attendre, même
en la revoyant? Ce n'était plus l'avenir; elle
l'avait fermé pour moi : ce n'était plus l'é-
ternité, car je ne devais l'y retrouver que
mariée avec un autre, heureuse d'être là
tout à lui, comme dans la rue des Chape-
lets; ou désespérée de l'avoir perdu en
route. Qu'étais-je donc venu chercher à Paris? Ah! mon Dieu! rien du tout : le Louvre, peut-être, dont je repris le chemin,
comme un pauvre héros celui de l'École-
Militaire, avec une jambe de bois... Aussi,

vous voyez ce que j'y ai trouvé... rien, que
ce que j'ai apporté de mon paradis perdu :
le portrait de ma mère que je regarde tous
les jours! Il a tant de choses à me dire, celui-là! et l'autre, que je ne regarde pas
plus que mon cœur enfermé dans ma poitrine..... et puis, la volucella! poursuivit-
il en s'approchant de son cadre aux papil-
lons. Cette mouche du rosier, si frêle, si
voluble... la voilà immobile depuis des années et des années, comme je l'ai cueilli un
jour, pour elle! la voilà, les ailes éteintes,
morte dans un parfum qu'aimait Marianne.
N'est-ce pas que c'est beau, l'amour? »

Ondine vit bien que des milliers de questions et de prières, ne retireraient plus
M. Léonard de l'accablement profond où il
était retombé.

IV.

DEUX BILLETS.

— Monsieur! cria Elisabeth, accourant presque, et montrant la porte du corridor en haussant fortement l'épaule, qu'elle avait déjà si cruellement élevée.

— Eh bien! quoi! dit M. Léonard stu-

4.

péfait, qui tressaillit comme s'il n'eût pas vu Elisabeth depuis un an.

— Eh bien! poursuivit-elle, en renouvelant son geste montagneux, il vient.

— Qui, il vient?

— M. Barbier, donc! c'est bien facile à deviner, ce me semble! continua-t-elle en haussant encore joyeusement son épaule en l'air. Je suis sûre que mademoiselle Ondine l'a reconnu! Et elle jeta un regard riant et malin à Ondine, qui se garda bien de la démentir. Pauvre Élisabeth!

— Ah! c'était une imitation! dit M. Léonard préoccupé, dès qu'elle fut disparue; est-elle heureuse, cette bonne Élisabeth? D'après ce qu'elle vient de faire là, il paraît qu'elle ne s'est pas encore avouée qu'elle est comme... — Monsieur Barbier! votre serviteur, poursuivit-il arraché péniblement à ses souvenirs. J'avais le pressentiment que c'était vous ; une arrière-vue, je crois, m'avertissait que vous alliez entrer.

— Pas pour long-temps, monsieur Léonard, dit le petit homme essoufflé. Je viens m'acquitter en courant de deux commissions, l'une triste, et l'autre gaie. Voilà un billet d'enterrement, et un billet de spectacle. Nous comptons sur la part que vous prendrez à l'un, et sur tout le plaisir que vous prendrez à l'autre. Songez que c'est une loge louée pour voir Talma dans Hamlet. C'est une bonne fortune dont madame Germeau, qui ne peut en profiter, veut à toute force, que vous profitiez en sa place.

— Et le billet d'enterrement? demanda tristement M. Léonard, en le tenant sans oser le lire.

— Ah! vous savez! sa mère : nous nous y attendions : mais ne comptant pas que ce fût pour si tôt, son mari, qui l'adore, voulait la distraire, cette charmante enfant si sensible... elle a beaucoup pleuré, elle a les yeux gros comme cela! monsieur. — Il n'y a pas plus moyen d'aller au spectacle, que de prendre séance. Voilà pourquoi, j'accours, dit-il en respirant et en essuyant son front plein de poudre et de sueur; car M. Barbier cultivait avec entêtement la poudre, qui amortissait l'éclat de ses cheveux un peu trop blonds.

— Vous voyez, mon bon monsieur Léonard, que ce coupon de loge est pour trois personnes; et comme il n'est pas douteux que vous conduisiez cette jeune demoiselle, notre chère affligée la prie de regarder dans les parures de bon goût, si sa robe n'a pas été imitée. Les marchands sont si trompeurs! Toutefois, interrompit-il comme par une mûre réflexion : si vous reconnaissez le modèle auquel elle tient tant, convenons d'avance que vous ne le lui direz pas; c'est un mensonge bien innocent, et la pauvre petite femme est si malheureuse en ce moment, qu'on doit tout faire pour lui épargner de nouveaux chagrins.

— Soyez sûr, monsieur Barbier...

— Je n'en doute pas, non plus que de l'intérêt que vous prenez à la perte que nous faisons. Une mère n'est pas une chose que l'on remplace : monsieur Talma dit cela d'une manière à l'apprendre à des brutes : vous l'entendrez demain, heureux Léonard !

> Mais un vertueux père est un don précieux
> Qu'on ne tient qu'une fois de la bonté des dieux.

Si madame Germeau entendait cela demain, dit comme il le dit, elle en mourrait peut-être, car elle est d'une exaltation !.... Au revoir, monsieur Léonard. A huit heu-

res ce soir à Saint-Roch, s'il-vous plaît : et
bien du plaisir demain aux Français.

M. Léonard tenait à ses mains les deux
billets, les regardant alternativement plein
de rêverie. Il enferma le plus sombre dans
sa table de bois blanc, et posa l'autre aux
pieds de la petite Diane.

— Je n'ai pas peur d'oublier celui de
Saint-Roch, dit il. Ondine, faites-moi penser à l'autre demain.

Le soir il se rendit à l'église, s'avouant,
au serrement de son cœur, qu'il était convenable qu'une journée si pleine et si triste
fût close pour lui par la prière des morts.

V.

L'ESCALIER.

Ainsi donc, vous rendez ce soir votre première visite à Talma? dit M. Léonard à sa nièce, qui l'écoutait sans s'émouvoir. M'entendez-vous, mademoiselle? Ce nom n'a-t-il pas la puissance de déranger un peu votre beau calme?

— Mon oncle, je ne le connais pas, dit-elle un peu étonnée.

— C'est bon, on vous le fera connaître. Au fait, poursuivit-il en arpentant l'atelier à grands pas, il faut mettre de grandes admirations sur de grandes douleurs. Je veux voir Talma, moi! C'est le seul homme qui me rende honteux de mes faiblesses, car il a toujours l'air cent fois plus malheureux que nous tous. Ondine était en contemplation devant Raphaël et Diane.

— Cette pauvre Ondine qui va voir Talma ce soir, reprit-il, et qui ne se doute pas de ce qu'est Talma! Il me semble qu'il faut s'appeler Ondine pour justifier une semblable ignorance. Ondine! au fait, avec un nom comme celui-là, on doit être placide, insoucieuse, et d'une humeur à peine murmurante.

Elle le regarda en souriant.

—On doit écouter son oncle qui se mo-
que quelquefois de ce nom, sans être plus
émue que s'il vous appelait mon ange.
Une Ondine en colère! ce serait épouvantable.

— Une femme, aussi, mon oncle.

— Ainsi, ma petite amie, faites-vous
douce. et belle pour ce soir; car je mets
dans ma tête que ce sera un beau jour pour
vous. Allez préparer vos splendides atours.

Elle rêva; puis elle monta pour obéir et
se faire belle.

Pourtant, c'était jour d'école; mais Yorick avait dit qu'il ne viendrait pas; l'heure
de la leçon n'était-elle pas perdue? Oui, car
elle usait avec lenteur de la permission de
se parer, de disposer une fois les flots de
sa chevelure, sur le dessin charmant de la
belle Ferronière. Elle entendit toutefois de
si grands éclats de rire dans l'atelier, tous

les élèves réunis poussaient des cris si pro-
longés, qu'elle descendit précipitamment
pour en savoir la cause. Elle les trouva
tous dans une telle concorde de gaîté, que,
ne pouvant réussir à en apprendre la cause,
malgré leurs efforts pour parler, en lui faisant tous signe d'attendre, qu'elle se mit à
rire à peu près d'aussi bon cœur, laissant au
temps à lui découvrir pourquoi.

En s'avançant pour prendre une chaise
un peu loin de ces messieurs, tous insolem-
ment assis devant elle, se balançant dans
leur gaîté bruyante, elle toucha un chapeau
et des gants d'homme sur le siége qu'elle
allait prendre. Le rire s'arrêta devant un
souvenir. Elle se sentit rougir et faiblir ensemble; car elle crut voir apparaître sous
ce chapeau, une figure étrangère, et pourtant, la plus intime à sa mémoire; elle reconnut ce chapeau, ressemblant, dans son

saisissement, à l'objet qu'il lui rappelait.
Cette image illuminée lui causa ce que jamais encore la présence d'Yorick ne lui avait fait éprouver. Elle s'appuya contre la chaise, et pressant son mouchoir sur ses yeux, elle entendit son cœur distinctement lui dire : Il est là! Oui, ce fut du fond de son cœur qu'elle entendit tinter ce mot; que toutes ses facultés l'entendirent; et c'est long-temps après qu'elle regarda tout à coup avec inquiétude si elle ne s'était pas trompée : Yorick était dans le coin le moins éclairé de l'atelier, occupé tranquillement avec M. Léonard à puiser dans un carton de vieilles gravures d'Holbein, qui les jetaient dans une admiration sérieuse; leur attention était si absorbée dans cette recherche, que ni l'un ni l'autre n'en était distrait par la scène bruyante qui se passait derrière eux.

Ondine se sentit soulagée de n'avoir pas
été vue partageant le rire immodéré de ses
jeunes amis. Il avait l'air, lui, si pensif, que
le contraste eût été blessant. Personne ne
prenait garde à elle ; on riait : elle osa donc,
pour la première fois, par un attrait ignoré
d'elle-même, qui l'étonnait, qui la forçait
à s'éclairer, elle voulut le voir, le connaître ;
car il lui sembla qu'en ce moment elle le
regardait tout à fait pour la première fois.
Mais d'où vient qu'en même temps elle
croyait se rappeler le connaître depuis long-
temps, bien long-temps avant qu'il vînt?...
C'est étrange, comme elle se le rappelait !
Elle ne put se rendre compte de ce pro-
dige, et baissa la tête sous son poids brûlant.

A peine, de son côté, l'eut-il aperçue,
qu'il quitta sa recherche et la salua, comme
charmé de la retrouver là. M. Léonard, à
son tour, surpris du rire universel, s'avança

au milieu de tous, et demanda pourquoi.
La joie et les cris recommencèrent; ce fut
avec peine qu'ils parvinrent à expliquer à
M. Léonard qu'il n'avait plus d'escalier pour
monter chez lui, ni pour en descendre;
qu'on venait de l'enlever sans effort, parce
qu'il n'était qu'en bois; que les ouvriers,
pressés sans doute par l'heure de leur repas,
s'en étaient allés sans pourvoir au soin de le
remplacer, pour ceux qui habitaient encore
l'étage des ateliers.

D'abord, M. Léonard crut qu'ils l'amu-
saient d'un conte; mais quand on le con-
duisit à l'endroit d'où l'escalier venait en
effet de disparaître, il s'exaspéra.

—Ainsi, dit-il, nous voilà réduits à mourir de faim! car nous n'avons pas de provi-
sions, et nous sommes huit, sans compter
Elisabeth et M. Girodet, qui sans doute
ignore cette abomination. Qu'allons-nous

devenir, si l'on oublie de rapporter l'escalier? Nous sommes fort loin de ces hommes
affreux, qui ne viendront plus de ce côté,
peut-être, de quelques jours. Comprenez-
vous un pareil trait d'inhumanité au sein
d'une capitale?

Jamais capitaine, naufragé dans une île
aride, ne ressentit plus de sollicitude pour
son équipage que M. Léonard n'en éprouvait déjà pour les besoins de ses joyeux
élèves, qui mouraient de rire à son air de
colère et d'effroi.

— Et cette pauvre petite, ajouta-t-il en
prenant sa nièce par la main, la voilà donc
privée de sa promenade, de ses visites au
salon, et du bonheur de connaître Talma!
C'est une véritable horreur, messieurs. Le
propriétaire de cette abbaye est un homme
bien répréhensible!

Yorick, qui avait gardé jusqu'alors son

imperturbable sang-froid, pour comprendre tout à fait (car les étrangers prêtent souvent à nos discours l'inquiète attention des personnes atteintes de surdité), ne résista pas mieux que les autres à la contagion; et, pour la première fois, emporté par l'exemple, il s'abandonna au rire le plus loyal et le plus sonore.

M. Léonard, qui ne comptait que sur lui et sur sa nièce pour partager son inquiétude et son ressentiment, comprit alors qu'il n'avait plus une grande obligation de s'y livrer seul, puisqu'il voyait rire un Allemand, et se mit à rire lui-même aux éclats.

Ce tumulte dura assez long-temps pour rendre à Yorick la réflexion qui échappait aux autres, et qui ne pensaient qu'à la joie d'être séparés du reste des mortels par l'enlèvement d'un escalier de bois. Lui seul s'approcha pour mesurer des yeux la hauteur du précipice; et comme Ondine le suivait involontairement pour l'arrêter, elle le vit s'élancer avec la promptitude d'un oiseau qui compte sur ses ailes. Elle étouffa dans ses deux mains un cri perçant, saisit le bras de son oncle, et ne revint de cette absence d'esprit que lorsqu'elle entendit tous les élèves applaudir et crier : victoire !

Elle voulut faire semblant d'avoir vu comme les autres, et, tremblante sur ses genoux, sentant au froid de ses lèvres qu'elles devaient être pâles, elle essaya de dire aussi : victoire ! mais elle chancela si près de la rupture du plancher, qu'elle faillit à tomber en dehors.

Ce fut alors seulement qu'elle revit Yorick au milieu d'eux, la regardant avec une sollicitude et une impatience que ses yeux ne cherchaient pas à déguiser.

Pourquoi l'aurait-il déguisé, ce sentiment si naturel, de s'alarmer d'une vive frayeur qu'on a causée pour le danger qu'on vient de courir?

Pourquoi, elle, au contraire, cherchait-elle à cacher l'effroi qu'elle pouvait montrer sans honte? C'est que dans le sentiment nouveau qui l'oppressait, elle aurait souhaité que lui seul pût l'entendre et la rassurer.

Peu après, tous partirent gaîment; car Yorick, tombé légèrement à terre, parmi les décombres et les instrumens de maçons, avait trouvé une longue échelle, et l'avait fixée comme au pied d'un rempart pour en faire descendre les prisonniers. Elle servit durant plusieurs jours de route à ceux qui montèrent, ou qui furent, comme M. Léonard, forcés de sortir de cette espèce de vieux bastion sans issue.

M. Léonard fut si transporté de reconnaissance pour l'idée ingénieuse du jeune Allemand, qu'il le pressa de partager avec lui la loge dont il pouvait disposer aux Français. Yorick parut hésiter, ce qui remplit Ondine d'une frayeur presque égale à celle que lui avait causée sa chute : mais au nom de Talma sa résolution parut changer; il respira, sourit de l'impatient bonheur qui colorait la jeune fille, et remercia M. Léonard avec une grâce qui la combla de joie.

VI.

LOGE AUX FRANÇAIS.

Il revint, en effet, les prendre à l'heure du spectacle, cette heure qui bruïssait aux oreilles d'Ondine, comme la plus belle, la plus palpitante de sa vie!

M. Léonard confia sa nièce à la prudence

agile de Yorick pour franchir l'escalier provisoire dont la vue lui causait encore un mélange d'humeur et de gaîté.

Ondine ne respira pas durant ce court et tremblant passage. Forcée de se pencher sur la poitrine de son guide, détournant avec peine les yeux de dessus les siens qui l'interrogeaient, et la rassuraient tout ensemble. Oh ! qu'elle crut entendre de choses dans ces paroles qu'il opposait à l'émotion qui la faisait transir : — Ne tremblez pas, mademoiselle ; il n'y a nul danger ; oh ! ne tremblez donc pas. Je vous croyais plus courageuse ! Ne vous rejetez pas ainsi en arrière, et fiez-vous sur ma foi. — Ces mots n'étaient que polis ; mais Ondine y trouvait une chaleur si pénétrante qu'elle les sentait couler dans son âme, où ils versaient une nouvelle existence. Elle essaya de prononcer, quand il l'eût posée à terre : — Je n'ai pas eu peur ; — mais M. Léonard, qui exigeait toujours d'elle la vérité, lui répondit « Si ; vous avez eu une peur épouvantable, car vous êtes bouleversée... »

Yorick ne parla qu'à M. Léonard durant le chemin, ou plutôt M. Léonard parla seul. Tout l'esprit d'Yorick se sauvait en lui-même au bruit assourdissant des voitures : mais il eût fallu qu'il révélât son impatience, pour qu'on lui en supposât. Si égal dans son humeur, si mesuré dans ses expressions, il avait, pensait la jeune fille, un tel empire sur ses émotions, qu'elle ne pouvait y découvrir que celles de son âme ; car il rougissait et pâlissait souvent sans aucun autre aveu d'un grand trouble ; et pour elle maintenant, quel miroir fidèle que ce visage sincère où elle eût voulu lire toute sa vie ! Elle ne se disait pas ces choses avec clarté, en levant parfois les yeux jus-

qu'à lui, car elle pensait trop à la fois
pour écouter et définir tant d'idées qui
tournaient toutes à l'entour d'une même
image ; mais elle croyait sentir une auréole
serrer doucement son front sous son joli
chapeau de paille blanche orné de tubéreuses et de nœuds flottans comme ses jeunes rêves. Après avoir traversé avec beaucoup de peine la foule entassée à la porte
du théâtre, elle ne vit en entrant qu'une
masse de lumière inondant le marbre du
péristyle et la statue de Voltaire, qu'elle
prit pour quelque Dieu sous le parvis d'un
temple. Tout brillait, tout ruisselait d'espoir et d'émotion sur son passage. Elle se
laissait guider, conduire, soulever dans cet
enivrement qui la sortait de l'adolescence,
et lui ouvrait une vie radieuse et profonde.
Elle y entrait confiante, les lèvres pour-
pres et entr'ouvertes par le sourire, lorsque

Yorick s'inclina devant eux, et prit rapidement un autre escalier que celui qu'ils allaient monter ensemble.

Elle crut qu'il se trompait, qu'il reviendrait, qu'il fallait l'attendre. M. Léonard, qui lui désignait son chemin en la faisant passer devant lui, fut trois fois obligé de lui dire : Prenez garde! car elle marchait sur sa robe, sa belle robe des nuptiales de sa sœur, ne s'apercevant plus quelle montait, qu'elle fût à la Comédie Française, et qu'elle allait voir Talma.

M. Léonard, qui trouvait tout simple qu'Yorick préférât le parterre, comme il le lui avait dit en chemin, ne se promettait pas une parcelle de plaisir de moins en son abscence, et ne se doutait nullement que le trouble de sa nièce fût causé par cette séparation d'un rang de loges; car M. Léonard, comme il en avait le droit, se fit ouvrir une

loge au premier rang, et y poussa Ondine,
éblouie à tel point des âpres lueurs du lustre et de l'éclat de cette foule, assise dans
la vaste enceinte, qu'elle salua timidement,
et perdit presque sa respiration, gênée par
la chaleur qui montait du parterre, déjà
comble, et impatient de Talma.

Là, tout fut nouveau pour elle ; les lumières surtout la frappèrent d'étonnement ; elle
crut que son âme paraissait nue devant tout
ce monde, qui ne la remarquait pas. D'abord
elle n'entendit rien que les battemens de son
cœur déjà seul, déjà loin de celui d'Yorick,
dont personne ne parlait, à sa grande surprise et tristesse, pas même M. Léonard, at-
tentif au nom seul de Talma, qui passait de
rang en rang, qui bruissait partout ; car
pour qui le connaissait et venait le voir, il
y avait de l'encens, du feu, des larmes dans
l'atmosphère ; pour Ondine, il y avait Yo-

rick entré en même temps qu'elle, disparu
par un autre escalier, perdu pour ses regards errans, que son oncle suivait quelquefois avec la satisfaction de la voir enfin puissamment animée à l'approche saisissante de
Talma.

C'est tout ce qu'il découvrit dans le maintien révélateur de cette frêle et candide
créature; et c'est toujours comme cela; fascination! Ne pas voir clair, même sous les
traits à jour d'une jeune fille, qui croit que
partout Dieu la regarde : qui, si M. Léonard lui demandait : A qui pensez-vous? ré-
pondrait, sans rougir encore : A lui, mon oncle! Est-ce qu'on pense à autre chose! Mais
on ne devine que soi-même, hélas! et c'est
assez triste.

A l'agitation que causait l'apparition prochaine de Talma, s'en joignait une autre
ce soir-là : on attendait l'empereur; le bruit

s'en répandait à travers la salle, et la comédie, qui devait terminer le spectacle, pour en égayer la fin, avait été transposée comme pièce d'avant-scène, afin de laisser à l'illustre spectateur le temps de venir admirer Talma, qu'il aimait sous la sombre figure d'Hamlet.

Mais l'heure s'écoula; une pièce fut jouée, durant laquelle le silence ne régna que pour une femme dont l'aspect, plein de prestige, suspendait l'impatience et la changeait en idolâtrie. Elle était bien belle, cette femme, car Ondine la laissa régner sur sa tristesse tout le temps qu'elle apparut, tout le temps qu'elle parla. Il est vrai que c'était ravissant d'entendre parler ainsi; jamais voix humaine n'a recélé tant d'attraction et de puissance. M. Léonard rêva qu'il écoutait la voix jeune et limpide de Marianne; Ondine ne put la comparer à rien; elle se grava,

unique, inoubliable, au fond de sa mémoire;
car c'était mademoiselle Mars qui faisait
Sylvia, ou qui se révélait elle-même sous ce
nom emprunté à Marivaux. M. Léonard
s'était promis de ne pas interroger ce soir
même Ondine sur ses surprises et ses admirations; il s'abandonnait tout entier aux
siennes. On n'attendait plus l'empereur; on
ne pensait plus au monde qu'à Talma, car
Talma parlait enfin! Talma régnait, Talma
pleurait dans le cœur des hommes qui l'é-
coutaient, avides, comme une révélation gé-
missante de tous les mondes. M. Léonard
était dans l'âme universelle qui nageait autour d'Hamlet. De larges gouttes de sueur
tombaient de son front d'artiste, dont les
veines se gonflaient à éclater. L'observer au
fond de cette loge obscure, attaché, souf-
frant, immobile et recueilli devant le génie
de Talma, c'était voir toute la salle reflétée

au fond d'une chambre noire. Partout un silence d'orage suspend jusqu'aux haleines, car une scène s'ouvre; elle fait frissonner. C'est Hamlet, terrible, c'est sa mère à genoux, puis une ombre qu'on a vue, qu'on croit voir, car Talma la voit. La terreur vole; l'intelligence curieuse du parterre est suspendue; une larme s'entendrait. On écoute les souffrances, les battemens du cœur, la pensée invisible et profonde de Talma. Au milieu de cette asphyxie qui pèse sur toutes les têtes médusées, parmi lesquelles Ondine n'en cherche qu'une, Hamlet est sorti menaçant, et la scène déserte est restée frappée d'épouvante!...

Tout à coup des cris, des sanglots, des bras tendus, une explosion de battemens de mains et de voix sanglotantes font trembler les colonnes et les loges qu'elles soutiennent. Ondine a peur, Ondine croit

qu'on se tue ; elle crie aussi ; elle appelle
un nom qui meurt dans le bruit. M. Léonard, terrassé d'émotion, regarde tout d'un
œil fixe et vague. Enfin il se retrouve, il se
rappelle, il se retourne vers sa nièce qui
pleure, suffoquée sous cette action solennelle, trop forte peut-être pour son intelligence si voilée encore, si entraînée après
un seul être, entrevu un moment, ressaisi
dans ce gouffre de têtes attentives, mais
dont les yeux étaient avidement fixés ailleurs que vers sa contemplation à elle, sa
patiente et inutile recherche. Quand les
flots du parterre sont lentement écoulés.
M. Léonard prend sa nièce par la main,
redescend avec elle, traverse les corridors,
où les lumières s'éteignent une à une, et la
guide, sans parler, par le même chemin
qu'elle a peine à reconnaître, tant il est
alors dépeuplé de la présence d'Yorick ;

d'Yorick, qui traînait après lui tant d'agitation et de brillantes étincelles. Ici ce n'est plus que Paris, la rue Saint-Honoré, le passage Delorme; ce n'est plus que des maisons, des ruisseaux, et un bourdonnement douloureux pour des oreilles qui n'appellent qu'un nom, pour un cœur à qui la foule n'offre qu'une masse impénétrable, un mur de plus entre lui et l'âme qui le cherche. Tout ce monde, enfermé long-temps, s'écoulait par flots muets. L'impression accablante qui suit une admiration profonde planait sur cette masse sensible que Talma venait de magnétiser. On ne pouvait parler haut; on cherchait l'air; on se retrouvait avec étonnement dans une belle rue de Paris, en sortant de ce palais sombre, rempli de la terreur et des larmes de Shakespeare, traduit et révélé par la présence mystérieuse de Talma.

VII.

LA PLACE VENDOME.

LE temps était d'une beauté rare ; on eût dit que la lune humide abattait la poussière de feu qui avait embrasé Paris durant le jour.

M. Léonard suivait, par la seule impulsion de l'habitude, le chemin où son corps s'avançait en silence. Son imagination voltigeait autour d'un chevalet immense, une palette nouvelle, des couleurs inconnues, et des pinceaux qui allaient tout seuls, formaient au gré de son demi-songe, des tableaux dont la terre n'avait jamais eu la révélation : ses pieds frôlaient le pavé sans le sentir ; il disait : Talma est Hamlet ; moi, je suis peintre, et je m'ordonne un chef-d'œuvre !

Ondine regardait, à travers les grilles des Tuileries, le frais jardin de l'Atalante, éclairé par les milliers d'étoiles du ciel. Ce carré solitaire, elle l'aimait par-dessus tout, dans ce vaste espace de verdure ; elle y avait passé des heures calmes près de son oncle : son camarade indulgent et contemplatif. Ce dernier printemps surtout l'avait marqué pour elle d'un souvenir ineffaçable :

là , tout à coup , un jour , en respirant les
fleurs d'avril , qui parfument ce reposoir
des rares passans du matin , en écoutant
un rossignol vivant dans les lilas, d'où sor-
tent deux statues blanches , et immobiles
comme des idées fixes ; parmi cet air tiède ,
brillant et musical, Ondine entendit frémir
un nom alors à peine connu ; elle vit une
image tendre et grave passer autour , et
tout près d'elle. Sa bouche s'ouvrit dans
l'étonnement d'une telle vision ; mais elle
pressa fortement ses mains sur ses lèvres ,
et ses mains reçurent le nom qui brûle , la
rougeur qui trahit , et les larmes qui sou-
lagent d'une découverte si terrible et si
belle !

C'est dans ce souvenir qu'elle marchait
près de son oncle , muette comme lui ,
lorsqu'elle se sentit saisir doucement par
le bras, et qu'en se retournant avec frayeur,

6.

elle entendit la voix émue d'Yorick lui
dire :

— Est-ce vous ?... Ah ! monsieur , poursuivit-il en prenant la main de M. Léonard,
je suis heureux de vous rencontrer! J'avais
besoin de ne pas rentrer ce soir sans avoir
pressé la main d'un ami : je suis bien heureux !

M. Léonard était fort sensible aux élans
vrais du cœur : qui ne l'est pas? Quel homme
ne respire , délassé des formes cérémo-
nieuses du monde , et n'ouvre avec joie
ses deux bras à celui qui lui tend les siens?
Il ne trouva donc rien d'inconvenant à ce
titre d'ami qui vint lui frapper agréable-
ment l'âme , et rien de dangereux pour sa
nièce à cette rencontre un peu familière du
soir , qu'il jugea lui-même d'un bonheur
inouï.

Ondine aussi était fort émue; elle n'osait

regarder Yorick. Jamais la lune ne lui avait
paru si éclairante qu'en ce moment ; elle
frappait d'une lumière trop vive les traits
purs et réguliers de son doux fantôme :
était-ce Yorick ? était-ce une apparation
comme celle du jardin de l'Atalante? Ce
qu'il y a de certain , c'est qu'elle craignait
de la voir disparaître encore , et qu'elle se
hasarda courageusement à la regarder en
face ; et puis , son chapeau de paille enve-
loppait tellement sa figure curieuse que ses
regards n'étaient sus que d'elle-même.

C'était lui ; c'était Yorick , et pas son
ombre ! Il l'avait donc reconnue dans la
foule ? Reconnue et suivie ! Cette façon de
l'aborder la remplissait de confiance et
d'espoir ; surtout après une soirée sans bonheur et sans paroles.

En traversant la place Vendôme, dont le
pavé blanc brillait de tout l'éclat de la lune ,

Yorick arrêta tout à coup ses deux amis, et s'arrêta lui-même en croisant les bras sur sa poitrine :

— Ah ! dit-il, que je respire péniblement ! et pourtant, comme je sens mon âme dans cette oppression qui va jusqu'aux larmes. Voyez, monsieur, voyez comme tout est beau, comme tout est harmonieux, aimant, et passionné dans la nature !

Ondine sentit faiblir ses genoux ; la voix attendrie, les traits inspirés, l'accent et l'abandon plein de charme de ce jeune homme si pensif d'habitude, si renfermé, si timide, la frappèrent de surprise et d'une terreur charmante.

— Il va parler, dit-elle ; il va tout dire, mon Dieu ! Et elle se rapprocha de son oncle, comme pour lui demander un asile dans sa joie, et pardon pour tant de bonheur !

M. Léonard, penseur et peintre, re
gardait les effets admirables du clair obscur
sur ces deux visages qui se ressemblaient à
force d'émotion, de jeunesse et de beauté.

O Rembrant! disait-il, je te tiens! Voici
ton secret retrouvé : c'est une clé d'or que
tu jettes dans ma nuit !

Oui ! reprit Yorick d'une voix plus
et plus vibrante : je suis toujours
à agenouiller devant le ciel, quand
d'entendre son plus grand inter-
. Tout ce que j'ai connu disparaît devant moi; tout ce que j'ai senti me paraît
misérable auprès de ce bonheur élevé, qui
m'isole des hommes, et qui pourtant me
rend meilleur pour eux. C'est Talma,
monsieur, Talma seul que j'éprouve en ce
moment! Il change, il transforme, il double
mon existence; si vous saviez tout ce dont
il me console et me détache ! Je ne pense

qu'à lui, je ne comprends que lui! Sa parole
est immense ! Oh ! que je suis heureux !...
Une heure !... Eh bien, ne fût-ce qu'une
heure , j'ai tout oublié !

Qui pourra dire le sentiment humilié qui
tomba sur le cœur de la jeune artiste;
quelle rougeur brûla son front, et pénétra
jusque dans ses yeux pour s'y baigner de
larmes! Ce fut la première illusion qui s'é-
teignit dans sa jeune âme : c'est triste, une
illusion qui s'éteint; triste comme le premier flambeau qui pâlit dans une fête : on
dit : « Les autres finiront aussi. »

Par un mouvement involontaire, la voilà
qui se met à courir, sans penser aux conve-
nances, seulement pour changer de place,
comme pour échapper à cette première
raillerie du sort.

Elle se sauvait; elle ne voulait pas souffrir dans la présence de qui l'avait frappée;

elle s'en fût allée bien loin sans retourner la tête, si elle eût été libre de fuir l'objet qui, tout à coup, lui paraissait menaçant.

Mais quelle jeune fille peut s'en aller? quelle femme peut se soustraire et quitter le présent pour sauver l'avenir? Les libres aveux, les actions courageuses, les ruptures volontaires, tout lui est interdit. On crierait au scandale! à l'horreur! Il faut demeurer, se taire, vivre... ou mourir enveloppé du voile tranquille, où s'enferment les souffrances, la honte d'amour, la fièvre qui bat sous une ceinture rose et des bouquets de fête.

Elle s'arrêta donc; elle retourna craintive sur elle même, croyant être suivie, devinée, et blâmée.... cherchant l'excuse qu'elle allait donner à sa fuite.

Elle n'en eut pas besoin, on ne s'était pas aperçu qu'elle se fût éloignée; appuyés gravement sur la grille qui entoure la colonne, M. Léonard et Yorick se livraient à l'enthousiasme qui élevait leurs voix, leurs pensers et leurs gestes dans cette demi-nuit où les rêves et la réalité s'embrassent, se fondent, s'aiment !

Et tout près d'Yorick délirant, un jeune cœur passionné s'enfermait, se roulait sur lui-même, comme un manuscrit sacré qui doit être consumé, peut-être, sans avoir été lu, ni entr'ouvert au jour.

L'heure s'écoulait; personne ne passait plus au loin. La sentinelle allait et venait dans sa surveillance régulière, à la lueur blanche qui inondait cette place déserte, et les quatre personnes aussi seules, aussi libres que si la place leur eût appartenu. Une seule ombre d'homme, debout, immobile, se prolongeait immense du haut de la colonne, jusque dans la rue du timbre, et se

perdait sur la cime des arbres du boule-
vart.

Ondine s'était rapprochée depuis long-
temps sans être admise en tiers dans l'entretien nocturne. M. Léonard révélait à son
tour au jeune fanatique, tout ce qu'il avait
puisé d'inspiration dans cette palpitante
soirée.

— J'ai du génie pour un an, monsieur,
disait-il, et je vous jure que dans l'espace
du Théâtre-Français à cette place où nous
sommes, j'ai créé des tableaux qui pendent
à côté des Rubens, et de Salvator et du Tin-
toret! J'ai passé sur nos peintres modernes,
et je sais maintenant ce que c'est que la
gloire humaine dans toute sa volupté : je le
sais mieux, sans me déranger, que ce grand
homme là-haut qui s'est donné un mal d'enfer pour y monter, et qui finira peut-être
par en tomber, avec sûrement plus de bruit

et de douleur que moi de mon capitole,
où je n'offusque personne : car la peinture
est un art innocent qui traverse le monde,
et le redit de siècle à siècle. Il donne à l'admiration des hommes groupés et penseurs,
Raphaël et David, l'Albane et Gérard, Salvator et Girodet. On palpite autour de ces
noms : nuls chiffres d'amans ne sont plus
serrés ni mieux assortis. Quelle mère,
quelle femme de tout rang, de tout âge,
n'a souri de tendresse et d'espoir en regardant la Vierge et les beaux enfans qui l'entourent? Quel homme n'a senti ses cheveux
se dresser à l'aspect sombre de Brutus, dont
les regards brûlent et pleurent d'une irré-
vocable sentence? ils s'attachent sur votre
âme; ils la suivent long-temps pour vous
forcer à frémir. Qui verra, sans rêver, Bé-
lisaire, au coucher du soleil, portant son
guide blessé, marchant aveugle et calme

auprès d'un torrent dont l'aspect serre le cœur d'une tristesse déserte? Oh! oui : la peinture aussi vient du ciel, et de tels hommes en sont descendus.

Nous visitions, il y a quelques mois, la galerie du Luxembourg. Ce jour-là, peu de monde se pressait autour des tableaux ; nous pouvions les étudier à l'aise. Celui de Socrate, vrai, profond comme sa vie, sublime comme sa mort, nous attacha devant lui, silencieux et déchirés. Une belle jeune femme, appuyée sur le bras de son mari, ne pouvait plus en détacher ses yeux : je vis une grande pâleur se répandre sur son front et sur ses lèvres ; sa charmante figure avait pris une expression de tristesse et de pitié qui me fit mal comme le tableau lui-même ; je poussai doucement son mari, qui, tout absorbé comme elle, ne voyait plus au monde que Socrate et ses amis éplorés.

—Qu'est-ce donc? dit-il en regardant sa femme. Elle voulut lui sourire et perdit connaissance.

—Cette femme était Française, monsieur, dit Yorick, avec un accent moins sûr et moins doux.

—Jeune, élégante, belle, et née à Paris.

—Ah!.... Son mari doit l'aimer beaucoup!

—Beaucoup.

—Il doit être bien heureux!

—Très-heureux.

—Qui vous a donc fait courir ainsi, mademoiselle? demanda-t-il tout à coup par une réflexion de sa mémoire.

— C'est Talma! répondit-elle, comme un écho triste et un peu menteur. Talma me donne son âme; il m'enlève à moi-même!

—Bien dit! s'écria Yorick transporté, pressant de toute sa force le bras tremblant de la jeune fille. Oui! vous êtes digne de le voir, vous! digne d'être née au milieu du grand peuple qu'il enivre et qu'il honore! digne de peindre une scène de sa belle et puissante vie!

— Sans doute nous ferons quelque chose de cet enfant sérieux, dit M. Léonard, bercé dans son rêve d'orgueil national, et s'acheminant enfin vers le couvent des Capucines.

Il se coucha plein de fatigue et d'ivresse, et dormit bien. Ondine se coucha sur son cœur et dormit mal; Yorick ne dormit pas du tout : il arpenta long-temps encore et seul cet espace vide et vaste où ses réflexions pouvaient s'échapper en accens qui tenaient de la démence, sans que personne, pas même la sentinelle engourdie, fût là

pour dire : Il est fou! comme il arrive souvent quand on ne tient pas son âme enchaî-
née dans ses plus honorables transports.

Mais c'est convenu. On vit à demi-mots ;
pas un cœur sur les lèvres : de la conve-
nance d'abord, la vérité ensuite apparaît si
elle peut, toujours trop tard, après l'erreur, après les interprétations dangereuses
qui flattent, qui charment, qui blessent,
qui tuent !

Que ne parla-t-il une fois, une seule fois
devant elle comme sur la place Vendôme,
où il criait toute son âme devant Dieu et
un bronze sourd à ses confidences de jeune
homme, d'amant, de jaloux, d'inflexible
jaloux! Ah! si l'on parlait à propos, il n'y
aurait pas de malheurs, pas d'irréparables
remords..... Mais l'amour en veut ; et Yorick, malade au cœur d'une intolérable tristesse, parlait seul sur la place Vendôme.

VIII.

LA LEÇON DE PEINTURE.

Il faut la plaindre; elle aime enfin de toute la puissance de son âme. Croit-elle pourtant que le jeune homme qui lui plaît seul au monde lui donnera le bonheur tranquille dont il paraît lui-même si éloigné?

II.   7

Sait-elle pourquoi elle pleure à cette réflexion qui traverse son trouble? Elle ne sait rien : elle aime! Elle ne s'entend plus : elle tremble, elle espère, elle croit, elle attend; si elle s'est trompée, elle mourra. Et s'il ne venait pas! pensait-elle le surlendemain; et rien ne la faisait sortir de cette amère rêverie. M. Léonard, tout repris d'une grande ardeur de peindre, s'en aperçut pourtant, et se posa devant elle sans parler. C'était quelquefois sa manière de gronder les paresseux. Elle le regarda, immobile, et dans l'espoir peut-être de voir dans les yeux de son oncle une pitié qu'elle n'osait demander pour elle.

— Qu'il avait l'air malheureux! s'écriat-elle en joignant les mains, et ne retenant plus ses larmes.

— Qui donc? demanda M. Léonard, un peu distrait.

—Talma! mon oncle. Ah! que je voudrais savoir s'il est consolé! Le sera-t-il bientôt? Le sera-t-il jamais!

— Mais j'aime à croire qu'il est à présent fort calme; car s'il joignait des chagrins à ceux qu'il nous a révélés l'autre soir, ce serait bientôt fait de lui.

— Pourquoi, mon oncle, son ami lui parlait-il avec une voix si indifférente? Il ne voyait donc pas comme il souffrait? Ah! que cela me faisait de mal. Ce doit être si doux d'être plaint quand on pleure! Et elle pleurait sans s'arrêter.

M. Léonard, voyant que l'illusion avait été par trop loin, tâcha de lui faire comprendre que tout cela n'était qu'une grande et belle fiction, recréée du génie de Shakespeare par celui de Talma.

— Mais la différence, dit-il, c'est que

Talma, trempé de pleurs, et véritablement Hamlet pendant un soir, raconte ses malheurs et ses affreuses peines, tandis que l'autre nous dit des paroles harmonieuses de la part de l'auteur. Celui-là, sans doute, a lu la page à plat, sans plonger son âme au travers, sans la baigner dans cette flamme fixe, répandue aux feuillets de Shakespeare, couvant dans son grand livre, comme le feu du ciel caché dans les fentes du rocher, ou recelé au cœur de la pierre aimantée. Un tel acteur est le pendant d'un peintre exact, fidèle traducteur des traits de son modèle. Il rend la forme, la mesure, les lignes, à peu près la teinte. Mais cette nuance du sang, cette clarté de vie, qui n'est point rouge, bleue ou grise, il ne la rend pas, car elle est de feu! Elle ne réside que dans le sein de l'artiste, et coule à son insu de son pinceau

— Est-ce possible!..... dit-elle, perdant peut-être à regret le droit de gémir en conscience. Mais la dame en gaze rose, élégante, rêveuse, qui me parlait de loin, comme si elle m'aimait; ah! mon oncle, celle-là ne joue pas; c'est bien d'après elle qu'elle parle, qu'elle s'émeut, qu'elle a peur de ne plus revoir celui qui s'en va!..... Dieu! qu'elle était belle, avec ses grands yeux noirs pleins d'étoiles et de rayons, comme ceux.... Ah! pardon! j'allais dire encore... — Marianne, n'est-ce pas? interrompit M. Léonard, bravant l'émotion de ce nom puissant. Marianne et mademoiselle Mars! étrange similitude! Eh bien! oui, elle a de sa voix, de cette voix où l'on croit entendre rouler des perles. Elle a, comme elle, aussi reçu le don d'un regard qui jette des sorts, même sur ceux qu'elle n'aime pas; et en vérité, peut-on aimer tout le monde?..... Mais un seul excepté, malheur aux autres. Taisez-vous donc; ne me parlez plus de Marianne, ni de rien qui lui ressemble. On peut espérer de revoir dans un monde meilleur l'être aimant et fidèle dont la mort nous a séparés; cet espoir est à la fois une consolation et un bonheur! Mais que reste-t-il à celui qui se voit prendre le cœur où il avait placé ses espérances immortelles?... Croyez-moi, ma nièce, la mort, tout impitoyable qu'elle soit, ne cause pas des douleurs aussi accablantes; en frappant, elle nous montre le ciel et nous promet l'éternité. Il n'y a point de ciel pour ceux qu'on n'aime pas; et une éternité sans amour n'est qu'une misère sans fin.

— Mon oncle, dit la jeune fille avec une profonde candeur et un air de tête plein de courage, puisque vous n'avez pu mourir tout à fait, et que vous pouviez aimer encore, car vous aimez beaucoup la peinture, mon oncle, il fallait vous marier, pour ne pas perdre l'autre vie.

M. Léonard demeura surpris d'une si étrange réflexion faite par une enfant; car il avait cru, jusqu'alors, ne se plaindre qu'aux oreilles pures de sa nièce, comme aux échos vides qui ne font que semblant de nous comprendre en flattant nos tristesses.

— Me marier à qui et à quoi? répondit-il presque en colère. La peinture pleure-t-elle quand je l'oublie ou que je la néglige? Me fait-elle des reproches, quand je me change en pierre auprès d'elle?... Quand je vous dis de vous taire, Ondine, n'ai-je pas raison? Non, je ne me suis pas marié; j'ai mieux aimé mourir garçon que bourreau. Se marier sans amour à qui vous en apporte est une absurde et froide cruauté. Je n'aurais pas voulu de Marianne même, veuve de

son premier amour. Guérit-on de cela?
Vous parlez bien comme une petite fille
qui n'aimera peut-être jamais!

Yorick frappa et entra presqu'en même
temps; car la porte, mal fermée, céda sous
sa main. Ondine pâlit comme d'un malheur;
M. Léonard le reçut comme une diversion
salutaire à sa blessure rouverte.

Bien que l'école fût suspendue ce jour-là,
le jeune peintre, après avoir salué de l'air
le plus empressé, se mit au travail avec un
emportement sérieux qui retrempa M. Léonard. Ondine retrouvait la vie; rien ne
manquait au monde : elle n'attendait
plus.

— Allons, courage! cria le maître élec-
trisé. Vous paraissez bien, aujourd'hui!

— Oui, repartit vivement Yorick, en ce
moment, je suis heureux. Hier... oh! hier,
j'ai eu le spleen tout le jour.

— Bah! j'ai cru que c'était une maladie longue et invincible.

— Pas à mon âge, j'espère, dit Yorick en secouant en arrière ses cheveux flottans; j'ai du moins la ferme volonté d'en guérir. Vous ne le connaissez pas, en France, n'est-ce pas?

Un sourire amer fut la seule réponse de M. Léonard au jeune homme, qui n'en vit rien, et qui reprit :

— L'air qu'on y respire en naissant est léger; les premières idées y sont riantes et frivoles; l'âme en conserve l'influence toute la vie. Heureux Français! dit-il dans un transport : heureuses Françaises! poursuivit-il plus bas, comme s'il s'écoutait seul, que ne suis-je né au milieu de vous, pour vous entendre, et pour en être entendu! Pourquoi vos regards si parlans ont-ils si peu le langage de vos cœurs? Ah! que vous seriez bien si vos yeux étaient vos interprètes sin-

cères! mais, oh! mais..... Ondine écoutait
avec étonnement, malgré elle et curieuse-
ment: elle regarda les yeux d'Yorick, levés
vers le jour, pour voir si leur expression
n'était pas française; elle n'y vit qu'une
flamme sans nom, et ne devina pas leur couleur; car il les baissa sur elle, et ne put soutenir ce coup d'œil électrique, tout nouveau
pour le sien. Pourtant elle en garda le reflet en elle-même : elle le retrouva partout,
comme une lueur extraordinaire, éblouissante, passée vite devant nous, sans laisser
le temps de la définir.

M. Léonard fut tout à coup appelé dans
l'atelier de Girodet, pour d'importantes copies que le grand peintre confiait par fois au
scrupuleux talent de son humble confrère.

Le jeune Allemand taciturne était retombé dans son silence; Ondine ne quittait
pas les yeux hors du tableau qui s'harmo-

niait de jour en jour sous ses mains plus har-
dies : tous deux étaient attentifs ; Elisabeth
seule allait et venait au milieu d'eux : c'était
fête ; elle donnait autant que possible un
peu de lustre au modeste intérieur.

— Prenez donc garde, mademoiselle !
dit tout à coup Yorick en surveillant le travail d'Ondine, qui tressaillit, vous faites à
cet enfant une poitrine impossible ; comment
voulez-vous qu'elle respire ? Il n'y a pas d'espace.

— C'est vrai ! répliqua-t-elle en s'arrê-
tant de peindre, je n'y vois plus !

— L'autre est si bien ! reprit-il : pourquoi donc vous négliger ? Ondine ne trouva
pas la force de répondre.

—Protestez-vous tout bas contre ma hardiesse ? reprit-il avec inquiétude :

— Oh ! merci ! dit-elle en effaçant son
mauvais travail.

— Vous avez du courage, et vous m'en inspirez. Tenez, vous ne versez pas une bonne lumière sur la partie éclairée de cette figure ; ce rayon de soleil compacte et lourd, c'est du feu, je le vois, mais ce n'est pas la flamme ! Il rend l'effet d'un charbon rouge ; et ce n'est pas ainsi que Dieu répand le jour sur toutes les belles choses qu'il nous permet de regarder.

Et il la regardait : car Ondine était belle de couleur, d'expression et de forme.

— De ce côté des arbres, il faut ranimer l'atmosphère où vous étendez du brouillard : la lumière, c'est la vie, mademoiselle ; si vous voulez que votre petit cortége marche, éclairez-le, car la toile dort. Vous êtes dans l'ombre, et pourtant je vois le jour circuler et ruisseler sur vous ; je tourne à l'entour. Regardez ce chef-d'œuvre du modèle, poursuivit-il en désignant le portrait de Ra-

phaël, vers lequel Ondine osa porter tout
l'amour qu'elle celait à Yorick. Que de sou-
plesse et de rondeur dans la manière dont
cette figure est rendue! Ne diriez-vous pas
la nature? Il n'y a que des reflets sur cette
tête, et qu'ils sont harmonieux! Ne faites
pas *du jour* quand il ne peut qu'offenser; il
y a quelque chose d'acide dans une lueur
qui éblouit l'œil qui cherche à voir, il faut
que votre figure se meuve dans le cadre;
mais il ne faut pas qu'elle en tombe; et c'est
ce qui arrive si vous la repoussez par trop
d'éclat derrière.

Ondine ne respirait qu'à peine, son front
se colorait de reconnaissance; elle se sentait aimée, ces conseils lui semblaient des
aveux d'un intérêt sévère et tendre qui
l'honorait et la rendait fière; ses yeux, pleins
d'un éclat ravissant, se levèrent sur Yorick;
il en fut ébloui; il s'écria : — Dieu! si vous

voyiez ce que je vois, comme vous appren-
driez bien à peindre la limpidité d'un regard de jeune fille! Que c'est beau l'humi-
dité de ses yeux! mais que c'est difficile ce
fluide transparent comme le ciel! Et il s'assit découragé,

— Vous ne voyez pas cela dans les miens,
reprit-il en tournant sur elle son regard
brun et brûlant d'artiste.

— Non!... non, dit vivement l'élève en
détournant les siens sur son tableau qu'elle
ne voyait pas.

Elisabeth écoutait gravement cette leçon
de peinture. Une intimité d'étude et de confiance semblait être établie entre eux pour
toujours, et de toujours : c'était un de ces
momens de la vie dont on ne voudrait plus
sortir; un long moment comblé de tendresse et d'innocence!

— Pensez-vous, dit-il, après une sorte

d'hésitation, en se tournant vers elle avec un maintien rempli de confiance et de respect : pensez-vous qu'une femme, bien jeune, bien belle, entourée des hommages de beaucoup de jeunes hommes, ne fût pas attristée un jour, si elle consentait à prendre pour époux un artiste, un peu sauvage peut-être, comparé aux hommes brillans de Paris? Dites votre avis, mademoiselle... Oh! dites-le-moi?

Et les traits d'Yorick, qu'elle entrevit en levant furtivement les yeux, peignaient la plus ardente anxiété.

Elle prit un moment pour réfléchir, ou rassembler ses forces; et d'une voix presque voilée par l'émotion de la pudeur :

— Demandez, dit-elle... demandez à mon oncle, il vous le dira, sans vous tromper.

Puis, par un effort embelli du sourire le plus involontaire, elle ajouta :

— Qu'est-ce qui en douterait?

— Que vous êtes consolante! repartit-il en posant sa main sur la main d'Ondine, qui n'osa plus se mouvoir.

— Vous ne savez pas, mademoiselle, que je vous dois les momens les plus calmes que j'aie passés dans cette France; cette France! qui doit me rendre heureux,... ou malheureux pour toujours? Vous ne savez pas que c'est à vous que je dois l'espoir qui endort mes terreurs et mes blessures!

Ondine succombait à sa joie; elle craignait de n'avoir plus de souffle pour lui répondre. Toutefois, elle l'essaya, et roulant ses pinceaux en tremblant :

— Vous ne nous fuirez donc plus? dit-elle.

— Vous fuir! moi! comment? Jamais je ne vous fuis. Oh! Dieu! mademoiselle, ajouta-t-il avec l'accent le plus doux, moi, vous fuir! Je suis malheureux souvent; et je m'éloignerais des seules personnes qui me plaindraient, qui m'entendraient peut-être!... Oh! non, je vous cherche, quelquefois j'ose vous chercher; et absent, je vous bénis! Que les bons anges vous gardent et vous laissent ignorer les orages d'un cœur d'homme! Ils se calment près de vous; quelquefois même... Je ne m'en souviens pas!

Il se tut : tous deux se turent.

— Il parle d'orages, pensait confusément Ondine : c'est donc bien terrible un cœur d'homme! Mais il ne s'en souvient pas près de moi : ill'a dit. Quelle piété! Il prie les anges pour moi : il est reconnaissant; de quoi? du mal que je lui ai fait, malgré moi, sans doute; mais dont j'étais l'objet... Eh! que suis-je moi-même? prête à le remercier, comme s'il ne m'avait pas fait pleurer, presque mourir. Nous ne nous devons rien, Yorick! Vous avez souffert; et moi, si vous saviez!...

C'était dans son silence que s'amassaient ces réflexions; mais s'il l'eût regardée alors avec une observation plus calme, il les aurait toutes lues dans les larmes qui fuyaient sous les paupières baissées de la jeune fille.

— Bonne! bonne Ondine! murmura-t-il, ne voyant dans ces pleurs que le témoignage d'une touchante pitié de femme.

M. Léonard rentra les bras chargés de tableaux, ce qui fit sourire la prévoyante Elisabeth. Elle savait que M. Girodet payait fort noblement et fort exactement les travaux dont il était satisfait.

— Voilà du blé contre la famine, lui dit gaîment M. Léonard. Elisabeth, je vous charge d'entretenir l'inspiration par le café le plus Moka de Paris.

Elisabeth, dont c'était le seul nectar, répondit par un sourire d'intelligence ; et l'un des coins les plus heureux de la terre était alors l'atelier de M. Léonard.

Comme il était d'humeur joyeuse, il contrôla sans sévérité le travail de sa nièce. Ses observations se trouvèrent toutes d'accord avec celles d'Yorick, ce dont il ne parut, lui, nullement fier, mais ce qui la combla d'une tendresse orgueilleuse. C'est une des grandes douceurs de l'amour d'une femme, de pouvoir admirer ce qu'elle aime ; c'est peut-être la plus durable.

Les arbres et le brouillard, signalés par le jeune artiste, appelèrent l'amicale critique de M. Léonard.

— Vous croyez, dit-il, que cette ombre est mystérieuse, et qu'elle attire son curieux? Et moi, je vous déclare qu'elle ne m'attire pas, car je vois bien qu'on ne peut passer à travers : il n'y a rien à gagner là que du noir jusqu'aux genoux; et vous sentez que je m'arrêterai prudemment au bord de la toile.

— Il me l'a dit, mon oncle, répondit l'écolière, contente de rehausser le jugement d'Yorick, qu'elle désignait doucement de la main, sans le regarder.

— Il a bien fait. Nous ne vous cacherons pas vos vérités, et vous en entendrez de cruelles ! Par exemple, il aurait dû vous dire encore que cette teinte de soleil est trop incisive; elle me crève la vue, et fait ressembler le clair à une lame de couteau : je ne vois qu'elle, et ma prunelle en ressent une sorte d'effroi.

— Il me l'a dit aussi, mon oncle.

— Tant mieux pour vous deux. Ce que vous devez le plus craindre, ce sont les complimens : ils voilent la perspective.

Nous vous conjurons donc à mains jointes de ne pas inonder vos figures dans un si grand luxe de lumière, afin que nous puissions les regarder sans conserves.

J'ai remarqué le même effet, avec embarras et chagrin, dans quelques opéras, où tout l'éclat de la musique est à l'orchestre. J'avais beau faire pour prendre intérêt aux acteurs ou aux personnages du drame, je ne pouvais me détacher de ce brillant accessoire; je ne montais pas jusqu'à l'action; mon intelligence était noyée dans ces flots d'harmonie qui coulaient à leurs pieds, et je ne m'embarrassais plus d'eux. Il en résulte donc que vos teintes, bien dégradées, vous donneront la saillie et la rondeur charmante de la nature.

— C'est juste comme cela qu'il a parlé, dit-elle avec ravissement, n'ayant bien entendu que les mots pareils aux siens.

— Cette tête de femme est bien remarquable ! s'écria Yorick, devant l'un des tableaux à copier.

Son âme s'était absorbée dans la contemplation de cette figure française, poétisée par le talent du peintre.

— C'est une ravissante fiction, répondit; M. Léonard.

— Non ! non ! s'écria Yorick, hors de lui la nature est quelquefois plus magique encore que l'art. Cet être existe; oui, j'ai vu la vie courir dans ces traits-là, monsieur. Oh ! ce n'est pas une fiction !

Et ses mains se joignirent dans une ardente passion.

Ondine voulait admirer aussi ; mais par un sentiment nouveau plus fort qu'elle, c'était la figure d'Yorick qu'elle examinait avec une vigilance dont son cœur s'oppressait. — Comme il la regarde ! pensait-elle. Qu'est-ce qu'il y a donc dans son sourire?.... on dirait du feu qui court sur sa figure. Ah! s'il regarde ainsi..... je voudrais devenir aveugle, moi! Et elle se retira dans l'angle le plus sombre, ne pouvant détacher son âme des émotions visibles d'Yorick. Un instinct lui révèle-t-il que le secret de leur vie à tous deux est dans ce hasard, qui vient l'éclairer ou la railler sous des traits de femme? Ah! la destinée est souvent écrite sur une bien petite page!

— La chevelure seule me paraît exagérée, reprit Yorick, après s'être rassasié d'admiration et de rêverie. Il a outré ce voile d'or, pour dissimuler le nu qu'il a accusé. Il n'y a pas de cheveux pareils à ceux-là dans la nature.

—Si, si! dit M. Léonard avec conviction. J'en ai là d'aussi rares et d'une couleur aussi transparente. Ondine! venez donc, venez un peu ! Vous êtes sauvage par excès; on ne vous mangera pas. Et tout en parlant, il déroulait, avec le calme d'un père et d'un peintre, les tresses nombreuses et blondes dont elle sentait timidement le poids couler autour d'elle. Il n'y eut plus bientôt que son front coloré de pudeur, et ses yeux brûlans d'une tristesse jalouse, qui se firent jour à travers les flots de la plus riche et de la plus ondoyante de toutes les parures.

Eperdue, sous l'ornement dont elle ignorait la splendeur, et livrant son cœur aux mille pointes amères dont il était douloureusement percé, elle ne s'aperçut pas du recueillement presque pieux dans lequel Yorick l'étudiait à son tour. C'était un autre sentiment qui attendrissait sa figure pensive, mais il y avait un culte dans son étonnement, car son sourire était triste jusqu'aux larmes. Ondine n'en eut pas l'innocent triomphe; elle était retombée dans l'indécise frayeur de la place Vendôme; mais il y avait avec celle-ci, plus profonde et plus inconnue, l'impression mordante d'un fer rouge. M. Léonard n'était gravement occupé que des tons plus ou moins dissemblans des deux chevelures. Il ne put renfermer sa surprise de la teinte générale de l'air, trop peu brillant autour de la tête, et des ornemens romains qui accusaient une localité.

— Je me trompe peut-être, dit-il, car, hélas ! je n'ai pas voulu aller en juger moi-même; mais, par Léonard de Vinci, dont je n'ai que la moitié du nom , ce n'est pas là le tempérament de l'Italie.

— Il y a d'étranges fantaisies d'artistes, repondit Yorick, arraché comme à regret à sa silencieuse maladie. Voilà bien le jour un peu pâle des Tuileries , éclairé plutôt

que brûlé par le soleil. Et il a fait une Italienne de cette jeune fille, rieuse et froide...
A Rome, elle ne serait pas froide ainsi. Contraste ! Ici une déesse, une syrène, peut-
être, poursuivit-il, en touchant convulsive-
ment la toile dont il ne s'éloignait pas ; là,
un ange, dit-il, en étendant sa main vers
Ondine, qui fuyait pleine de honte du dé-
sordre de sa chevelure, et d'elle-même.

IX.

SAINTE CÉCILE.

Depuis lors, M. Léonard avait mis à exé-
cution un projet nourri dès long-temps,
qui souriait à sa tendresse pour Ondine. Il
lui avait promis de devenir riche; mais
l'essayer autrement que par la peinture, eût

été se condamner à mourir d'ennui. Donc il avait consulté ses forces; l'état de leurs finances, qui s'était un peu amélioré par les copies rendues et quelques paysages bien placés, lui permit de se livrer à sa vénération profonde pour Raphaël, en travaillant avec passion à traduire une de ses plus belles pages. La sainte Cécile lui paraissait telle. Plein de l'espoir d'en reproduire une contre-épreuve fidèle, il fit élever un échafaudage à la hauteur du beau modèle alors dans la grande galerie du Louvre; et les jours où son atelier n'était pas ouvert à sa propre école, il courait au musée, abreuver son âme de cette poésie muette dont elle était plus que jamais altérée.

Girodet venait d'arrêter des regards satisfaits sur le travail de M. Léonard; il l'estimait dès long-temps comme bon coloriste et bon voisin; cette fois, il lui dit en conscience : Je signerais cela, Léonard !

— Si vous faisiez des copies, répliqua le modeste, mais enchante Raphaëliste. Nimporte : me voilà payé de celle-ci! quand je trouverais dix, vingt, quatre vingt-mille francs de ma patiente œuvre d'amour; cet or pèserait-il autant que vos paroles? Que le ciel m'accorde de pouvoir la garder : j'en ferai d'autres pour les amateurs qui paient en argent.

Il peignit donc avec les caresses du cœur qu'il avait autrefois répandues sur le portrait de Marianne, et la sainte se détacha bientôt hors de la toile dans une majesté divine qui attira de justes éloges au peintre flamand. Il choisissait de préférence les jours interdits à la curiosité des étrangers : jours de profonde paix et d'exaltation ; jours de peinture, d'oubli du monde; seuls vrais beaux jours de M. Léonard.

Une fois entre autres, il régnait seul au haut de la longue salle du Louvre, où tant de gloire s'exhalent des chefs-d'œuvre rangés avec un ordre sévère et conservateur. M. Léonard, entre ciel et terre, nageait en quelque sorte dans ce fluide plus transparent que l'eau; il en baignait à son tour les yeux du jeune saint Jean, dont le regard humide, comme un astre de nuit, semble allumer une clarté sur-humaine autour de l'objet de sa chaste ivresse; l'harmonieuse sainte en était tout éclairée.

Mais voilà que la porte s'ouvre avec bruit, que les gonds crient, que des pas retentissent sur les parquets; voilà que, de loin, la grande voûte si sonore dans la solitude, fait résonner avec l'écho roulant, sur la tête de M. Léonard : L'empereur! l'empereur!

Le peintre en soupira ; et donnant à regret
son dernier coup de pinceau, comme un bai-
ser d'adieu, sur le front de la sainte, il se tint
debout, la tête découverte, les armes à la
main, si l'on ose nommer ainsi la palette d'un
peintre et ses brosses pleines de couleurs.

Napoléon, au milieu de quelques habits
plus éclatans de broderies que le sien, ad-
mirait rapidement, tantôt à gauche, tantôt
à droite, le long de la galerie où ses paroles brèves éveillaient, soulevaient les murmu-
res creux de cette salle vide et assoupie.

Il trouva peut-être singulière la tenue
immobile d'un homme à dix pieds au-dessus de lui ; car, s'étant arrêté deux secondes
auprès de l'échafaudage roulant, il y monta
comme à l'assaut, et se trouva sur l'épaule
de M. Léonard qui ne bougea non plus que
s'il eût été cloué lui-même sur son étage
tremblant.

— Pour qui ce tableau? demanda l'empereur, après l'avoir parcouru des yeux avec une satisfaction visible : et ces yeux que M. Léonard avoua flamboyans, lui brûlèrent la prunelle.

— Sire! il est pour moi, répondit sincèrement le peintre.

— Je prends cette copie, répliqua Napoléon, sans paraître avoir entendu la réponse maladroite.

— Sire! elle est pour moi, dit encore l'artiste d'une voix respectueuse, mais résistante.

— Que pour vous? dit l'empereur, dont l'étonnement insista.

— Que pour moi, repartit le mauvais courtisan.

— Je vous conseille de la bien garder, monsieur... Votre nom?

— Léonard, sire.

Napoléon tourna le dos à l'artiste qui se tint persuadé qu'au monde il n'aurait pu trouver une autre réponse à faire que l'intègre vérité.

Après que l'empereur eut rempli sa courte visite, il sortit, sans regarder M. Léonard qui se remit à peindre avec la joie vive de l'indépendance; elle colorait ses joues d'autant de vie qu'il en infiltrait aux personnages de Raphaël.

— Que tu es bête, Léonard! lui dit le soir, son ami Corbet. Tu viens de manquer ta fortune.

— Comment?

— Il fallait répondre, quand il t'a demandé — Pour qui ce tableau? — Sire, il est pour vous. Le grand homme eût d'autant mieux goûté cette petite flatterie, qu'il n'imagine pas que rien soit à d'autres qu'à lui.

— Je ne le pensais pas, dit M. Léonard : et cette entorse à la vérité n'est pas venue me trouver au haut de mon échelle.

— Où tu as eu, j'en suis sûr, la maladresse de rester?

— Ce n'est pas douteux : j'étais sur mes terres, ce me semble? J'avais toutefois mon bonnet à la main. Je pense qu'un maçon même n'est pas obligé de tomber de son toit, parce qu'il est au-dessus d'un empereur qui passe.

— Avec tout ce raisonnement, tu garderas ta sainte Cécile, tandis qu'il l'eût payée deux fois sa valeur; car il paie mieux qu'un roi, cet empereur-là.

— Eh bien! je la regarderai.

— Et tu mourras de faim devant elle.

M. Léonard fronça le sourcil, et passa lentement la main sur la tête de sa nièce, qui dessinait à ses pieds.

— Précisez un peu cette main, s'il vous plaît ; sinon elle aura l'air d'être collée au fond. Il faut qu'elle puisse bouger.

Si nous parlions d'autre chose? Veux-tu, car il y en a sur lesquelles on ne s'entend jamais. Quelle somme peut payer un mensonge ?

—Ah! si tu es de là, mon bon Léonard ; si tu fais du Poussin ailleurs que sur la toile ; que tu voies un mensonge dans l'esprit ingénieux d'à-propos qui ne fait de mal à personne ; que tu marches dessus comme sur un fruit que tu écrases, danses-y si tu peux, et parlons d'autre chose.

Ils parlèrent amicalement d'autre chose. Le lendemain, M. Léonard courut au salon avec un amour plus noble de son art. Il saluait d'avance la sainte, de l'hommage qu'il lui avait rendu, et goûtait cette pure émotion qu'on ressent à s'approcher d'une personne aimée, à qui l'on a fait en secret quelque beau sacrifice.

Mais du plus loin qu'il cherche le pieux objet de son culte, un serrement de cœur, un rapide pressentiment le trouble : il s'arrête.

—Je me trompe peut-être, dit-il. Mon Dieu! permettez que je me trompe. Et il s'avance, en affrontant la douleur qu'il redoute.

C'était vrai. La place nue, la sainte enlevée; profanation! Qui peindra le ressentiment amer, la loyauté trahie, le tendre amour consterné du malheureux peintre! Il s'appuie défaillant contre l'échafaudage désert, recule honteusement dans le coin où sa copie gît, descendue inachevée, et ses yeux, qui durent traverser le plafond, jettent, en se levant vers le ciel, un regard d'une inexprimable détresse.

—Tyran! s'écrie-t-il du fond de sa cons-
ternation; est-ce donc tout à toi? Peux-tu
tout étreindre ce que tu nous ravis? Oh!
Marianne! que la vie est triste !

Alors, sous l'auréole de ses cheveux
blancs qui se sont levés indignés comme des
nerfs visibles, il tâche, bien que ses genoux
tremblent, de courir chez le gardien; et
d'une voix toujours honnête et mesurée,
mais forte d'émotion, il redemande, il ré-
clame la sainte Cécile.

— Elle est enlevée, monsieur, dit l'autre
vieillard, un peu attendri; car il avait
prévu l'impression d'une telle vue.

—Enlevée!... Par qui donc enlevée?

— Monsieur, par ordre de l'empereur;
ce matin même, à huit heures, elle est sortie du Musée.

— Ah!... dit M. Léonard, avec étouffe-
ment : et cette exclamation renfermait tou-

tes les larmes, toutes les indignations, tout le dédain d'un cœur bien né, sur lequel on monte, sur lequel on danse. Toutes les infortunes de sa vie se retracèrent à son imagination noircie. Il cria au secours vers Marianne, et après avoir salué tristement le gardien qui le regardait en pitié, il s'en alla.

— Moi aussi, se dit-il, quand j'étais petit... Nous naissons tous mauvais, apparemment. Moi aussi, je me souviens d'avoir pris trois ou quatre mouches, à qui j'ôtai les ailes, pour en faire des chiens; et ces chiens, je les attelai par quelques cheveux à un frêle chariot de papier, qui traînait en triomphe un gros hanneton..... Cruauté! Puis-je me plaindre à présent que lui, l'homme fort, l'homme du destin s'amuse à me couper quelques plumes pour rire de ma tournure humiliée; moi, qui osai peindre sur sa tête! J'ai ce que je mérite.

Il est vrai, que mes trois mouches sont mes seules victimes, et qu'en grandissant, j'ai eu honte de cette lâcheté. Lui... il est vrai aussi qu'il n'a pas beaucoup le temps de causer avec son cœur, et que sa destinée roulante fait un vacarme de canons, de tambours et de *Te Deum*, à rendre sourde l'oreille la plus inclinée aux gémissemens d'autrui. Si mon ami de B..., n'arrange pas ma cruelle aventure, je suis anéanti : allons chez de B..., peut-être pourra-t-il, en habillant l'empereur, lui dire qu'il a fait une chose mesquine une fois en sa vie.

Et il courait alors sans savoir qu'il courût.

— Vous ne croirez jamais à ce qui m'arrive ! cria-t-il en entrant, avant de dire bonjour.

— Quoi donc? mon bon Léonord, demanda le jeune homme en lui tendant les bras ; car, M. Léonard, qui, solitaire et mélancolique, aimait beaucoup les hommes, en était aussi beaucoup aimé.

— Votre empereur prend sur lui une action que je ne voudrais pas avoir à me reprocher ; de B..., je ne le voudrais pas pour la couronne de Raphaël, à plus forte raison pour le trône de France et d'Italie, dont je ne me soucie guère.

Il s'essuya le front et reprit haleine.

— Il me force à me plaindre, et gravement !

— Vous m'alarmez, Léonard : quel rapport y a t-il entre l'empereur et vous ?

— Comment, quel rapport ? je ne l'ai pas cherché, moi, mais il consigne ma gloire à la porte du Louvre. Il raconte alors sa douleur à son jeune ami, qui l'écoute, chagrin, mais tenté parfois de rire aux éclats de la touchante colère du peintre.

— Vilain Léonard! dit-il avec intérêt; comme vous avez gâtez votre affaire!

— Gâtée ou non, répliqua-t-il, il me faut ma sainte : elle est à la nation française; j'ai le droit comme artiste de me la faire rendre. Demandez-là donc à l'empereur, au nom de la nation française, sans me nommer, entendez-vous, mon ami?

— Je dirai tout ce que je pourrai de mieux, soyez sûr, Léonard.

— Un peu vite, de B... je vous en prie; car ma tête est montée, n'ayant plus rien à aimer passionnément sur terre que la peinture, je l'aime, je l'avoue, comme Napoléon ses régimens; — je ne vais pas les lui prendre, moi j'en suis incapable; le bien d'autrui n'existe pas pour mes désirs : dites-le lui, et qu'il rende au Musée, ce qui appartient au Musée; le fond du code est là, ce me semble.

Madame de B..... qui était une brune élégante, au teint, et aux yeux italiens, dont M. Léonard avait mis au salon un portrait vivant de beauté, prit la part la plus haute à l'affliction de son peintre; aussi dès le lendemain, son mari qui était de semaine au château arriva tout habillé encore, dans l'atelier de M. Léonard.

Toute l'école rassemblée fut à l'instant debout pour M. de B... qui s'annonça moitié grave, moitié gai, au nom de l'empereur.

— Vous avez une bonne nouvelle à m'annoncer, dit M. Léonard en lui tendant la main, je la lis sur votre figure.

— Sans doute, il ne s'agit que d'une politesse; une simple formalité à remplir, l'empereur y tient : il ne fera rien rendre qu'en échange d'un bout de papier en forme de pétition, que je glisserai moi-même sous sa tabatière. M. Léonard pâlit.

— Votre désapointement l'a déjà touché, car il a ri.

—Il a ri! dit M. Léonard résigné.—Bien sensible! mais une pétition, un placet, cela ressemble comme deux gouttes d'eau à une prière; et il faut être cruellement tutoyé par le sort....

—Vous y mettez de la passion, mon ami, j'en fais juges tous ces messieurs. Voici, sur l'honneur, comment la chose s'est passée : on fit cercle autour de M. de B...

—Sire! si j'osais? ai-je dit ce matin au lever.

— Allez! m'a répondu l'empereur, qui mettait lui-même son col.

— Est-ce pour toujours, sire, que la sainte Cécile est sortie du Musée?

Là, sa majesté s'arrêta, prit du tabac, et se mit à rire.

— Qu'est-ce que cela vous fait à vous, de B...?

— A moi? rien, sire.

— Comment, rien! s'écria M. Léonard; comment, de B..., vous ne lui avez pas dit votre sentiment sur un acte aussi...

—Ecoutez, Léonard, il m'a bien écouté, lui.

— C'est juste! c'est juste! crièrent tous les écoliers.

— A moi? rien, sire. Mais à un peintre, à un de mes bons amis.

— Ah! il est votre ami, ce Léonard? car, c'est M. Léonard, n'est-ce pas? échafaudé l'autre jour au Louvre, comme s'il allait dénicher des anges?

Il est raide, votre bon ami; il ne demande pas, celui-là. Eh bien! qu'il écrive sa réclamation; si elle est fondée...

— Ah! sire, c'est bien l'être le plus simple, le plus inoffensif, un vieil enfant!

— Un original, n'est-ce pas? Tranchez le mot, dit M. Léonard, souriant.

— Appelez Roustan, dit l'empereur.

— Sire! le tableau?...

— Appelez Roustan, de B...

Et j'accours vous annoncer cette bonne nouvelle.

— Quoi! c'est là une bonne nouvelle? Je la trouve un peu acide, moi.

— Excellente! excellente! dirent en chœur tous les jeunes hommes en frappant des mains et prêts à crier: Vive l'empereur!

— Vous vous moquez, reprit piteusement M. Léonard. La perspective d'écrire, en forme de supplique, encore! quand je ne connais rien au monde de plus effrayant qu'une lettre, même à mes meilleurs amis. O de B...! il y a de quoi exaspérer un enfant de cinq ans. Eh quoi! plus de liberté, donc? Plus d'échafaudage, ni d'indépendant amour de l'étude!... Qu'on me rende la fédération alors; car si les choses en sont là, la France est perdue avant peu! J'ai les bras et les jambes brisées; j'aime mieux tout perdre; et je renonce à la peinture.

Il s'assit découragé, ce qui fit pleurer Ondine. Toutefois, à force de caresses, de paroles et d'instances, tous ses amis parvinrent à le faire mettre devant sa petite table de bois blanc où il écrivit d'une main rapide et courageuse, cette pétition à laquelle il ne voulut ajouter que son nom.

SIRE !

Un peintre, qui n'a plus de temps à perdre, prie instamment votre majesté de faire rendre à la nation française, la Sainte Cécile de Raphaël.

Sire! il faut des peintres à une grande nation; et il faut aux peintres de grands modèles, sinon on ne verra à l'avenir que des choses indignes de l'époque où je suis,

SIRE,

Votre vrai serviteur,

LÉONARD.

— C'est trop sèchement tourné, dit M. de B..., après avoir lu.

— Comment! de B...! vous ne vous jouez pas mal de moi. Il n'y a pas un mot qui puisse le choquer; je les jette tous dans la balance divine, avec le procédé que j'en ai reçu.

Yorick lut le papier fort attentivement, et jura qu'il le trouvait d'un honnête homme.

— C'est tout ce qu'il faut, dit M. Léonard. Au reste, qu'il rende ou qu'il garde maintenant le tableau, je le mets sur sa conscience; mais c'est tout ce que je peux faire pour son service; et, dans le respect que l'on doit à celui qui s'est fait le premier pour nous; après Dieu! toutefois, ajouta-t-il en ôtant son bonnet.

Après trois jours d'une attente pleine d'anxiété, M. Léonard remonta triomphant sous la coupole du Louvre. La sainte avait repris sa place, et lui sa palette!

— Qu'il soit heureux, sous son manteau d'empereur, dit-il : s'il l'est autant que moi... mon Dieu! je lui en fais mon sincère compliment.

A la lecture du placet concis glissé sous sa tabatière, Napoléon n'avait pu retenir un grand éclat de rire.

Le papier, d'un beau vélin, portait son cachet d'artiste, car, l'empereur y pointa du doigt un œil au trait, que n'avait vu ni l'écrivain, ni l'intercesseur étonné.

Napoléon, dut à cette frivole aventure,

dix minutes de gaîté, peut-être. C'était assez pour qu'il fît rendre au peintre l'objet de son culte.

— Consolez votre ami, dit-il, avec une grâce d'enfant. Il aura son joujou.

X.

LE MODELE.

— Je ne devine pas du tout ce qui trouble Elisabeth depuis ce matin, disait quelques jours après M. Léonard à lui-même, en présence d'Yorick qui travaillait avec lui sans rien dire, et qui leva la tête, croyant que M. Léonard lui parlait.

10.

—Elle est dans une agitation surprenante; elle va, vient, monte et descend... Mais voilà qui est encore mieux : Ondine aussi a disparu! Elle a planté là son tableau, charmante demoiselle, en vérité! N'était-t-elle pas là quand vous êtes entré?

— Non, répondit Yorick avec une impatience involontaire; je ne l'ai pas entrevue aujourd'hui.

— Je suis curieux de savoir à quoi elles passent leur temps.

Moitié fâché, moitié riant, il entr'ouvrit la porte donnant sur le long corridor. Yorick le suivit avec un flegme qui annonçait plutôt de la préoccupation qu'une indiscrète familiarité. Arrivés tous deux au milieu du corridor, ils se trouvèrent face à face avec Elisabeth tout effrayée qui descendait de sa chambre, dont l'étroit escalier donnait à cette partie du vestibule. Elle s'arrêta interdite, et retint un cri de frayeur. Son maître, qui n'était nullement inquisitif, fut frappé cependant de l'embarras plein d'angoisse qu'il lui causait, et ne put s'empêcher de lui demander où elle portait tout cela; car elle tenait en effet dans ses mains une cafetière de porcelaine, un sucrier, et, sous son bras, un énorme paquet de hardes ou de linge.

— Moi, monsieur! fut d'abord tout ce qui put sortir des lèvres de la pauvre Elisabeth, qui s'assit sur le dernier escalier pour sauver du moins le café qui tremblait de son effroi.

— Enfin, Elisabeth?

— Eh bien! monsieur, répondit-elle décidée à tout, hors à mentir : je porte cela, là! Voilà tout. Vous m'avez fait une peur!...

— Pourquoi le portez-vous là, Elisabeth? Ne puis-je le savoir?

Pâle comme un criminel, elle leva sur son maître des yeux supplians, qu'il n'eut pas le temps d'entendre, car il gagnait la cellule que, dans son intégrité, elle venait de lui désigner.

—Monsieur, n'entrez pas là! par la grâce de Dieu! dit-elle en courant à lui, et en étouffant sa voix; monsieur! n'y entrez pas!

M. Léonard entrait.

— Du moins! criait-elle tout bas, empêchez ce jeune homme d'entrer.

Yorick entrait en même temps qu'elle, et tournait, avec M. Léonard, autour d'un mauvais paravent qui servait à couper en deux cette cellule ruinée.

Ondine, près d'un réchaud où pétillait du bois sec et de la braise, tenait sur ses bras, en lui souriant, le plus joli petit enfant tout nu qu'il fût possible de voir, et le réchauffait à la lueur du feu qui simulait celui d'une cheminée : l'âtre de la cellule n'avait plus forme humaine.

S'il eût été permis à M. Léonard de trouver de la poésie dans cette saisissante apparition, il eût assurément comparé sa nièce à la Vierge à la Chaise, car elle lui ressemblait de pose, d'ajustement, et de profonde innocence.

Le bruit léger de la porte qui s'ouvrait ne lui fit pas d'abord lever les yeux attachés tendrement sur la jeune créature qu'elle caressait en la ranimant; elle pensait que personne au monde ne devait entrer là qu'Elisabeth qui faisait des voyages à chaque minute dans l'intérêt de l'enfant et de la mère. Ondine ouvrait la bouche pour parler à cette excellente fille ; mais elle resta béante de stupéfaction, quand ce fut son oncle qu'elle trouva devant elle, et que son regard embrassa en même temps Yorick aussi immobile, aussi surpris que M. Léonard.

Sans pouvoir rendre compte de ce qui se passa d'incohérent, de rapide, de terrible peut-être dans deux imaginations d'homme, qui savent beaucoup de la vie, il suffit de dire qu'avec le sourire pur de la compassion, elle étendit l'enfant au-devant d'eux, et dit :

— Voyez! oh! voyez, qu'il est joli! tout vivant, tout nouveau! N'est-ce pas que Dieu nous punirait, si...... Sa voix s'éteignit au passage.

— Je m'en charge, moi, mademoiselle, dit courageusement Elisabeth. Voici déjà pour l'envelopper chaudement et bien. Si personne n'en a pitié, je suis là, poursuivit-elle, en le prenant à son tour sur ses genoux, et l'emmaillottant avec une hardiesse tranquille. Puisqu'on l'a vu, tant pis. J'ai de quoi en prendre soin..... Je paierai son

lait. Ne crains rien, pauvre ange des cieux,
va! ne crains rien, dit-elle d'une voix
émue et comme si l'enfant était inquiet:
je suis là.

— Et moi aussi, Elisabeth..... Vous en
apercevez-vous? demanda M. Léonard,
avec les regards les plus étranges qu'il eût
jamais jetés sur elle et sur sa nièce.

— Monsieur, je vous avais prié de ne
pas entrer, répliqua-t-elle d'un ton un peu
bref. Dieu m'est témoin que ce n'est pas ma
faute si vous avez *vu*. Présentement, que
voulez-vous que j'y fasse? Et elle humectait
les lèvres roses de l'enfant, d'un peu de vin
sucré qu'il suçait avidement.

— Comment! ce que je veux que vous
fassiez?..... une chose toute simple, Elisabeth, mais très-nécessaire. Où avez-vous
pris... cela?

Elisabeth resta interdite, et parut réflé-

chir. Puis elle vengea l'enfant par plusieurs
baisers de ce que ce mot lui paraissait avoir
de dur.

— Il ne faut pas le dire! murmura Ondine, en joignant les mains; sur quoi son
oncle la regarda sévèrement.

— Monsieur doit le savoir à l'instant
même, observa très-haut Elisabeth; d'ailleurs, on n'a pas envie de mentir, ajouta-
t-elle, un peu révoltée de cette persécution;
mais il faut que ce jeune homme s'éloigne.
Et elle lui jeta un regard sublime de reproche et d'autorité de femme.

— Je pense, au contraire, Elisabeth, dit
M. Léonard, avec beaucoup de douceur et
de fermeté, en retenant fortement par la
main Yorick qui s'éloignait; je pense qu'il
faut que monsieur demeure, et que vous
parliez devant lui : il est homme d'honneur.
S'il y a ici quelque secret, vous le confierez

à sa loyauté ; mais il faut qu'il le partage avec nous tous ; ainsi, parlez.

La pauvre Elisabeth sentit bien que son maître était fondé en raison ; et remettant, avec un pénible effort, l'enfant aux bras d'Ondine inquiète, elle se signa rapidement et poussa de ses mains tremblantes les deux hommes vers le coin le moins éclairé de la cellule. Alors elle entr'ouvrit le paravent délabré, et dit avec une résignation forcée : « Voilà ! » Une jeune fille, rouge de honte, était couchée par terre, sur un matelas emprunté au lit d'Elisabeth, à demi cachée dans la blanche couverture qu'Ondine avait prise au sien ; elle attacha par fascination, sur M. Léonard, ses yeux noirs et brillans, comme ceux d'une jeune biche dont on a forcé la retraite.

— Ah ! pauvre fille ! s'écria M. Léonard en reconnaissant cette petite infortunée pour l'avoir vue poser modèle à l'Académie de dessin, et dans son atelier même, où elle osait à peine ôter sa chaussure. Est-ce vous? poursuivit-il en reculant de surprise; puis, par un sentiment plus digne de lui, il se plaça devant elle pour la dérober au jeune homme, qui n'avait pu que l'entrevoir.

Elle essaya plusieurs fois de répondre, mais elle ne put articuler une parole, et cacha son front contre le mur où elle était immédiatement collée.

— Il est impossible de l'abandonner, dit-il en retirant le paravent sur ce triste spectacle qu'il cachait.

— Qui est-ce qui y songe, monsieur? répondit Elisabeth avec âme. Jésus-Christ m'a appris mon devoir. Et quand même, j'ai là un prophète, poursuivit-elle en frappant son cœur, qui me crie pitié, aussi haut que celui qui l'a inventée.

M. Léonard lui serra la main.

— Donnez-lui donc un peu de votre café, à elle! dit-il en désignant la mère.

— Il est presque froid, maintenant, répondit Elisabeth un peu grondeuse, en rallumant la braise qui couvait au réchaud. Laissez-nous faire ici, monsieur; ce n'est pas votre place. Il faut du repos à la pauvre... femme, appuya-t-elle en regardant sa candide maîtresse; ainsi, allez-vous-en.

— C'est pourtant bien beau, un enfant nouveau-né! dit le vieux peintre en le prenant à son tour, et le retournant dans ses mains avec crainte et intérêt. Comment un homme a-t-il le courage d'abandonner, après, quelque chose de si frêle et de si touchant!

Les yeux d'Yorick étaient humides. Cet étrange tableau, cette crèche improvisée impressionnait fortement son cœur; il re-

gardait surtout Ondine, si pure, si chari-
table et si tendre, avec une sainte exaltation
qui l'eût fait tomber à genoux, s'il eût suivi
l'élan qui l'y portait.

— Voulez-vous, lui dit-il, mademoiselle,
nommer avec moi cet enfant? Permettez-
vous, monsieur Léonard, que nous nous
inscrivions, devant vous et devant Dieu, ses
protecteurs, ses amis dans l'avenir? Cette
femme, qui est très-bonne, ajouta-t-il en
regardant Elisabeth avec respect, veillera
en tiers sur la petite créature. Le voulez-
vous bien, monsieur Léonard?

Et il lui pressait le bras avec une instance
qui attendrit M. Léonard, dont le sourire
indécis avait bien l'air d'un consentement.

— Je suis riche, monsieur, reprit sim-
plement Yorick, et je peux acheter un bonheur : faire un peu de bien est peut-être le
seul que j'aurai jamais ! C'en est un réel de

réparer une grande inhumanité. Vous ne
m'en priverez pas, n'est-ce pas?.... Voilà
pour vos soins de mère, bonne Elisabeth,
ajouta-t-il en versant toute sa bourse dans
le tablier d'Elisabeth, dont les larmes ruisselaient sur le feu qu'elle soufflait de travers.

— Passez dans l'atelier, monsieur, dit-
elle à son maître, tout bouleversé lui-même;
je vous rejoindrai quand il sera temps. Ne
vous en allez pas avant monsieur, ajouta-
t-elle en regardant Yorick avec une sympathie familière, qui voulait dire : Tu es un
digne homme!

Et elle demeura seule à dorloter l'enfant,
à soigner, à consoler la mère; à lui commander de dormir et de ne pas toujours
pleurer, puisque : A tout péché miséricorde;
et que l'enfant était né sous l'étoile du bonheur. Hélas! ce qui n'empêchait pas les sanglots de sa mère!

— Vous le reverrez! poursuivait l'éloquente Elisabeth; je vous jure de vous en donner des nouvelles : il ne demande qu'à vivre. Vivez donc pour l'aller voir bientôt !

Et mille choses qui coulent des lèvres d'une femme quand elle est penchée sur une compagne qui souffre, sur un être qui pleure !

Ayant pris, dès le matin, avec l'ardeur de la pitié, qui a des ailes, toutes les mesures nécessitées dans cette triste et mystérieuse position, Elisabeth bientôt rentra dans l'atelier, tenant sous son schall déployé le petit ange endormi.

L'air préoccupé et presque imposant qui régnait dans son maintien, fit présumer à M. Léonard qu'il était inutile qu'il se mêlât de rien, et qu'il pouvait s'en remettre à elle de toutes choses.

L'enfant fut déposé un moment au pied

de la statue de Diane, où M. Léonard fut prié de l'ondoyer, ce qu'il fit avec quelque émotion. Ondine était à genoux sur une chaise, comme devant un autel, et tremblait.

— Aurez-vous la bonté de lui donner un nom, monsieur? demanda Elisabeth au jeune homme, je le joindrai à celui sous lequel sa mère veut qu'il soit inscrit sur le livre de naissances. C'est à vous à choisir, car c'est un garçon.

— Voulez-vous, mademoiselle, le bénir sous le nom de Camille? dit Yorick à Ondine, en posant leurs mains unies sur le front de l'enfant, presque perdu dans des flots de mousseline et de dentelle.

La présence de Dieu n'eût pas semblé plus solennelle à la jeune fille, que celle d'Yorick tenant sa main en présence de son oncle.

— Bénédiction sur toi, Camille ! dit-elle.

— Oh! merci! répondit le jeune peintre, avec une voix passionnée comme le regard plein d'amour qu'il porta vers le ciel.

— Il s'appelle donc aussi Camille !... pensa-t-elle en baisant l'enfant : et ce fut là le plus beau moment de sa vie.

— Voici votre bague, mademoiselle, dit Élisabeth à Ondine : il devient inutile de la vendre, par tout l'or qui nous est tombé du ciel. Dans mon absence, poursuivit-elle, en se hâtant de sortir avec son trésor ; ayez la bonté de me remplacer là-bas : monsieur Léonard le permettra.

A peine entendit-on ses pas effleurer le corridor, lorsque M. Léonard, qui la suivait des yeux, la vit entrer dans la grande cellule, d'où elle sortit presque aussitôt avec une paysanne propre et fraîche, qui tenait l'enfant.

— Elisabeth !..... cria M. Léonard en la rejoignant avec sollicitude ; est-ce qu'il ne faut pas des témoins ?

— Mon Dieu ! monsieur , soyez en repos ! dit-elle avec une importance pleine d'indulgence pour toutes les curiosités où tombait ce jour-là son bon maître. J'avais déjà tout prévu de mon *argent* ; mademoiselle aussi y mettait son diamant ; et vous présumez bien que les dix napoléons de M. Yorick, ajouta-t-elle à son oreille , ne nuiront pas à toutes les précautions dont il faut entourer son protégé.

Le roulement d'une voiture où M. Léonard vit au loin Elisabeth radieuse, le vieux portier coiffé en poudre , et deux têtes qu'il n'eut pas le temps d'examiner, ne lui permit pas de douter que tout ne fût en effet prévu et fort bien ordonné par l'excellente femme au physique incomplet, qui remplis-

sait si pieusement une moitié de sa vocation ; car elle avait dans l'âme un instinct
de mère, qui n'avait dû se révéler que pour
les enfans des autres : bonne Elisabeth !

XI.

DEUX JEUNES FEMMES ET LE VIEUX CAMARADE.

Il fut arrêté, dès le lendemain au matin, par le conseil d'Elisabeth, que M. Léonard emmènerait sa nièce pour tout le jour, afin qu'elle pût s'occuper seule et tout entière du *petit modèle*, qui, par ses soins prudens, devait être, ce jour même, placé dans une maison de santé, jusqu'à son parfait rétablissement.

— Vous êtes sûr qu'elle y sera bien, Elisabeth? demanda M. Léonard, avec une tendre sollicitude.

— Comme une reine, monsieur, et cent fois mieux qu'avec moi, qui ne me connais pas à tout. D'ailleurs, ce sera mieux même pour mademoiselle, qui a voulu passer une moitié de la nuit. Elle n'est pas forte, cette chère enfant; et puis elle est si sensible! Donner son seul diamant! le diamant de sa mère!.....

— Ah çà, Elisabeth, vous pouvez bien à présent me confier, quoique ce soit un peu tard, la façon dont tout ceci est arrivé.

— C'est comme un rêve, monsieur, et rapide comme le vent, et triste comme à Ténèbres.

J'achevais hier de desservir votre dîner ; sans reproche, il faisait presque nuit. En remontant, mes plats à la main, je crus voir une ombre contre le mur ; je m'arrêtai. Cette ombre sanglotait. Je ne suis pas poltronne, mais j'eus peur ; je ne sais pas pourquoi je me mis à croire aux revenans. On a des heures bêtes ; d'ailleurs, tant de pauvres nonnes ont dû gémir ici ! Enfin, pour ne pas m'y laisser prendre, je fus droit au mur... Pauvre petite abandonnée ! elle s'y cachait, pleurante, déjà aux douleurs ! et faible..... de faim, monsieur ! Pitié, dit-elle, en tombant sur ses genoux ; pitié ! tuez-moi ou cachez-moi..... Je venais demander un secours à M. Léonard..... et puis, je n'ai plus osé... à présent... je me meurs !

— Montez avec moi, dis-je en la relevant.... Un long cri sourd, qu'elle étouffa

en voulant marcher, me donna la chair de
poule.

— Cachez-moi! répéta-t-elle avec déses-
poir; enterrez-moi quand vous aurez sauvé... mon enfant. Ah! je devinai tout à fait
alors, et je sentis!.... ma foi, monsieur, je
sentis que j'étais une femme, et qu'il y a
un fort lien de douleur entre nous toutes.

— C'est vrai, dit M. Léonard, redevenu
sombre; la nature vous a jeté la première
pierre, et nous avons continué.

— Ne pouvant ni la monter, ni la descendre, ni crier au secours, je ne m'a-
musai ni aux larmes, ni aux questions; et
l'ayant doucement roulée comme je pus
dans la grande cellule de plain-pied : At-
tendez-moi, je viens : courage! lui dis-je.
Je vous réponds qu'elle en a eu, monsieur!
Elle a mangé ses cris, mordu ses mains,
pour ensevelir sa faute aux yeux de hommes

Ah! que c'est amer, un crime!..... dont le complice vous dénonce au monde et vous renie! Vous devinez le reste, n'est-ce pas? Je lui ai descendu mon lit, n'ayant pas le temps ni la force de l'y porter. Elle avait bien assez souffert pour dormir, elle! Je n'ai mis que nos vieux concierges dans la confidence, et j'espère qu'ils ne seront pas plus damnés que moi....

— Pourquoi l'avez-vous dit à ma nièce?

— Je ne l'ai pas dit, monsieur. Mais elle a vu mon lit déménagé; elle me faisait cent questions.... Je ne voulais pas me compromettre, moi! et j'ai arrangé une histoire. Il me semble que vous pouvez vous en rapporter à moi du soin de ménager une si chaste ignorance. Ce qu'elle a fait est bien, ce que j'ai fait n'est pas mal; et ce qu'elle a vu mérite la pitié de Dieu. Je vous prie seulement, monsieur, de dîner en ville

tous deux, afin que je donne cette journée à l'accomplissement de mes de-
voirs.

Ondine eut donc la surprise d'une promenade au Luxembourg. Bien qu'il com-
mençât à faire froid, le soleil réchauffait
l'air en l'épurant. On se munit d'un carton
pour dessiner, si l'envie en prenait; et après
une tendre visite à la grande cellule, où
la reconnaissance tenait lieu de bonheur,
M. Léonard et sa nièce quittèrent, pour
un jour, le couvent des Capucines.

Ils parcoururent long-temps seuls les
salles ornées de peinture, dont la jeune fille
commençait à découvrir les chefs-d'œuvres,
par le secours de sa nouvelle âme; car on
ne peut appeler autrement l'intelligence qui
lui faisait discerner, enfin, le beau du mé-
diocre, et la pensée de la sensation.

Loin d'Yorick, elle n'avait pas peur des

belles images, dont elle étudiait le dessin et l'anatomie, sous le charme dont elles sont revêtues. Elle rêvait avec un peu de honte à la douleur qu'elle ressentait encore, par élancemens, au souvenir de la contemplation d'Yorick devant un portrait de femme, lorsqu'une femme passa près d'elle, une très-jeune femme, glissante, mobile, curieuse, et bâillant à demi au nez des portraits qu'elle scrutait de très-près avec un lorgnon d'or, qu'elle tournait ensuite dans ses doigts blancs et souples, avec tout le dédain de la satiété ; elle semblait avoir vingt ans. Sa mère, dont elle quittait et reprenait le bras avec une vivacité au moins inconvenante, se prêtait avec le calme de l'habitude aux mouvemens rapides et incohérens de cette charmante personne, car elle était charmante. Ondine la poursuivait d'un souvenir confus : elle avait vu ces yeux

clairs et du bleu de l'eau, souvent cachés
à demi par un resserrement léger des paupières, qui lui firent dire :

— Où donc l'ai-je vue, cette belle personne qui n'y voit pas ?

Et à M. Léonard :

— Je connais cette jeune insolente.

Le temps, qui s'était couvert rapidement
de gros nuages pluvieux, rendait les salles
sombres et tristes à parcourir, et le froid
du parquet humide offensait visiblement les
pieds délicats de l'opulente beauté ; il semblait pénétrer au vif le brodequin de satin blanc dont elle était merveilleusement
chaussée, car son joli pied frappa plusieurs
fois le sol avec impatience. Sa mère lui dit :

— Venez ; le jour est détestable pour voir
de la peinture.

— Je ne regarde aujourd'hui que le dessin, répondit-elle.

Et pourtant c'était vers la porte d'entrée qu'était dirigé son regard chatoyant et furtif, qu'elle promenait plein d'une vigilance qui contrastait singulièrement avec la mollesse de son maintien. A peine cinq à six curieux éveillèrent-ils, de loin en loin, l'espoir qui l'agitait peut-être de voir arriver ceux ou celui qu'elle attendait. Le Luxembourg était désert; les arbres tremblaient d'un prochain orage, et les feuilles que le vent en détachait roulaient dans les allées avec un humide murmure qui faisait rêver M. Léonard. Ondine, assise devant un tableau de Le Sueur, dessinait avec attachement une tête pensive, qu'elle ne manquait pas de trouver ressemblante à Yorick. Qu'aurait fait de beau Le Sueur, si quelque chose d'Yorick n'eût inspiré ses pinceaux?

— Ce n'est pas mal, cela, ma petite, dit la demoiselle, alors appuyée derrière elle.

Ondine rougit et lui sourit. Ce mot : ma petite, ne l'avait pas blessée; c'était le nom d'amitié que lui donnait son oncle.

— Assurément, ce n'est pas mal, ajouta la mère, qui s'était appuyée aussi sur le dossier de la chaise d'Ondine, de façon qu'il lui fut impossible de relever davantage la tête pour consulter son modèle.

— Ouvrez-nous donc votre carton, mon enfant; car vous paraissez fort avancée.

— Madame est bien bonne, dit Ondine, en montrant avec modestie tout ce que renfermait son léger carton vert.

— Ah! quelle horreur! cria la jeune parisienne effrayée, en jetant avec dégoût la tête de mort couronnée de fleurs; mais c'est un monstre qu'une pareille chose. On prévient, du moins. Cette fille est folle! poursuivit-elle, tandis que la modeste enfant relevait sans humeur son dessin repoussé. Une averse bruyante sur les vitres qu'elle semblait menacer de rompre, détourna l'attention des dames. La plus jeune, dont les bras très-beaux n'étaient, ainsi que sa poitrine et ses épaules, recouverts que d'une gaze de lin, s'enveloppa d'un ample cachemire blanc, et demanda avec anxiété si leur voiture, laissée à l'autre extrémité, du côté de la rue d'Enfer, pourrait les venir prendre dans l'intérieur du jardin.

M. Léonard assura qu'aucune voiture ne pénétrait jamais dans l'enceinte ; mais il s'offrit à courir lui-même, afin de la faire avancer jusqu'à la grille la plus prochaine; ce qu'il fit avec toute l'obligeance et l'agilité dont il était capable. Il y joignit même le secours d'un immense parapluie, emprunté chez le concierge qu'il connaissait; et la voiture qu'il guida lui-même en toute hâte, la suivant à pied, au plein mépris de

ses bas de soie blancs dont il ne prit pas le
moindre souci, fut en six minutes le plus
près possible de la salle aux peintures.

Les rares promeneurs avaient fui. M. Léonard, remercié, caressé presque, parce
qu'il était nécessaire et seul, étendit d'abord
sur la mère son parapluie d'autant plus hospitalier, qu'il était de mode ancienne et
vaste comme une tente. Ce fut son second
voyage. Une fois la plus âgée bien en sûreté au fond de sa voiture bonne et chaude et
fermée, il retourna délivrer les jeunes, exi-
geant, malgré les instances et les prières
d'Ondine, qu'elles s'abritassent seules sous
le dais de taffetas rouge, dont le reflet, ré-
pandu sur leurs frais visages, paraissait au
coloriste d'un effet enchanteur et neuf.

— Elles ne sont pas assez artistes, pen-
sait-il en les suivant sous la pluie, pour poser une heure dans une pareille situation ;

sans quoi, on aurait une délicieuse composition de plus; j'en ferai du moins l'esquisse de mémoire.

Ce fut alors une douce et poignante surprise pour Ondine, de voir Yorick, à travers l'orage, s'élancer vers la grille où elle arrivait avec sa belle compagne; leur abri mobile tourna sur leur tête; car c'était elle, bien que la plus petite et la plus frêle, qui tenait avec effort le parapluie lourd et tendu. Yorick rejeta vivement le manteau mouillé dont il était couvert, pour soulever de terre la jeune dame aux brodequins blancs jusqu'à son équipage, au marche-pied duquel Ondine s'arrêta, pour la préserver de l'eau qui tombait encore à torrens.

—Montez donc! dit familièrement la dame âgée au jeune Allemand, qu'elle connaissait sans doute, et qui déjà cherchait la main d'Ondine pour l'aider à se sauver

dans la voiture , de cette inondation inat-
tendue.

—Montez donc! répéta d'un air impérieux
la plus jeune, en repoussant avec quelque impatience le parapluie bourgeois qui ne s'était
pas encore éloigné, mais qui s'éloigna... car
M. Léonard vint au secours de la candeur
méprisée de sa nièce; il la retira gravement
au bord de la grille, d'où il entendit Yorick
dire aux dames d'un ton d'insistance :

—Cette jeune fille va, comme vous, à la
place Vendôme; c'est à elle qu'il faut donner
l'hospitalité, n'est-ce pas, c'est à elle?

Un regard moqueur, où se cachait un froid
reproche, fut la seule réponse de la belle
personne abritée dans sa calèche. Yorick,
surpris et révolté, pâlit. Il n'objecta plus rien
qu'un salut profond, et rejoignit M. Léonard,
qu'il trouvait beau de pluie et de fierté. —
Allons! dit la jeune dame souriant avec

froideur au domestique indécis, puisque monsieur ne veut pas monter, à l'hôtel! Et les deux dames s'enfoncèrent, insoucieuses de l'ondée qui ne mouillait plus pour elles. Yorick seul vit un orage bien plus redoutable que celui qu'il bravait alors, dans le signe de tête qui lui fut adressé pour adieu du fond de la voiture.

M. Léonard porta un regard consterné sur le chapeau plein de tubéreuses de sa douce élève, et suivant de toute son indignation l'équipage qui commençait à rouler dans la longue rue de Tournon, il ne s'arrêta pas à une plainte stérile. Ayant rempli ses deux mains de cailloux qu'il trouva épars çà et là dans l'eau, il se mit à courir comme au temps où il sortait de l'école, se faisant une immense consolation de foudroyer avec ces pierres vengeresses la voiture égoïste qui les avait

12.

éclaboussés en s'envolant bruyante, comme jetant un éclat de rire à leur détresse mouillée.

Ondine avait peur et riait tout ensemble. Yorick, immobile, contemplait d'un air ému et sérieux le ressentiment du vieux peintre, hélas! moins amer, moins fondé que le sien, et moins durable aussi; car M. Léonard revint lentement, tenant toujours ses cailloux inoffensifs qu'il n'avait pu se décider à lancer, ni à quitter encore.

— J'ai eu pitié des chevaux qu'ils pouvaient atteindre, dit-il en examinant sa chaussure navrée de l'insulte des ruisseaux.

C'est *cette petite* qui m'a fait mal, et qui m'a rendu un peu méchant. Que nous sommes faibles! nous ne supportons pas l'insulte faite à ce que nous aimons; mais elle va m'aider à expier ce mouvement révolutionnaire. Son beau chapeau ne sera pas remplacé de l'année.

Ondine savait à peine de quoi s'était courroucé M. Léonard. Est-ce qu'il pleuvait ? Est-ce que tout n'était pas bien dans l'univers ? Est-ce qu'Yorick n'était pas près d'elle à la porte du Luxembourg ? Est-ce qu'elle n'avait pas vu tous ses traits pleins de blâme et de reproche contre une femme belle et brillante, parce qu'elle en était dédaignée, elle, humble enfant qu'il élevait aux cieux du fond de cette boue, où c'était si gai, si doux d'attendre ensemble un rayon de soleil, comme deux oiseaux abrités sous un toit !

Après avoir suivi de sa pensée la plus amère la voiture qu'il ne voyait plus, Yorick, comme sortant d'un mauvais sommeil, secoua l'eau dont sa chevelure ruisselait. Il sourit avec résolution ou pitié de lui-même, et se retournant vers M. Léonard, débarrassé enfin de ses cailloux et de son ressentiment :

— Permettez-moi d'en finir, monsieur ! dit-il. Cette station est malsaine. Suivez-nous.

Saisissant alors Ondine, légère et ivre d'émotion, dans ses deux bras puissans, il l'emporta comme une feuille tremblante, vers une maison, heureusement ouverte, connue sous le nom vulgairement hospitalier de cabaret. Ni hôtel, ni palais, ni paradis n'eussent paru plus rians à la jeune fille et à M. Léonard ; car Yorick le fit briller d'un grand feu, qu'il commanda dans l'intérêt de tous.

— Ah ! dit-il en s'asseyant au milieu de ses deux amis, rayonnant d'allégresse, qu'on est bien auprès de la bonté ! Mon Dieu ! si l'on pouvait ne chercher..... ne trouver que cela sur la terre !

— Nous dînerons ici, dit M. Léonard en pressant amicalement la main d'Yorick. Vous partagerez avec nous la manne du désert.

— Faites de moi tout ce que vous voudrez, monsieur Léonard; traitez - moi comme votre enfant, car, sur Dieu, je ne suis heureux qu'avec vous! Avez-vous froid? demanda-t-il à Ondine.

Elle tourna vers lui un visage si resplendissant, si coloré par le feu, par le bonheur qui pénétrait es veines! Il y a quelque chose de si   ns une âme heureuse et honnête, q   arda un moment avec l'avidité d'un   ux, qui rêve la vie sous une forme div

Mais il était malade, gravement malade; sourdement blessé dans sa jeunesse et dans sa force : car bientôt ses yeux redevinrent fixes et distraits; ce doux repas qui l'avait

calmé d'abord, comme l'ange qui voyage,
une halte sous un arbre en fleurs, sembla
peser à l'oppression de sa poitrine. Il ne
mangea plus. Il s'aperçut le premier que le
feu allait s'éteindre, et que la pluie avait
cessé. Il y avait à peine deux heures qu'ils
étaient bien... Il est vrai que c'est beaucoup
deux heures de calme pour l'homme.
M. Léonard, qui le savait, prévint toute
contrainte de politesse, et dit en se levant :

— Liberté tout entière. Si vous avez à
courir encore, ça ne sera pas du moins à
travers l'orage. Repos! jeune homme. Allons chacun de notre côté. Nous nous retrou-
verons partout et toujours comme amis.

Yorick sortit ému de cette réunion du
cœur; mais l'ayant vu en sortant atteindre
sa bourse, et aborder l'hôte au bonnet blanc
qui les avait traités en princes, M. Léonard
se précipita entre eux deux.

— Apprenez, dit-il gaîment à Yorick, que vous êtes le passant, et moi..... le plus heureux des deux, car j'ai le droit d'offrir. Sinon, prenez garde, ajouta-t-il en montrant de loin la borne où il avait ramassé et remis les cailloux, il pleut des pierres, et vous savez qu'elles ne me pèsent pas une once.

Yorick se sauva en riant.

— Aime-t-il la peinture! je vous le demande. Venir par un temps affreux dans cette école où, sans nous peut-être, il serait encore! Je mettrais ma main au feu qu'il n'est dévoré que de l'amour de la peinture. Mais il n'a pas trop mal fait de nous quitter, poursuivit M. Léonard à Ondine qui le regardait au travers de sa joie fuyante; nous profiterons du temps qui nous reste pour aller surprendre et relancer mon camarade Hennequin : c'est un vrai traînard pour te-

nir ses promesses. Je l'ai rencontré, il n'y
a pas huit jours, au Musée; le lendemain
il devait être à ma porte; et c'est moi qui
vais faire tapage à la sienne. On ne se conduit pas comme cela entre broyeurs de
couleurs. Excellent être! bon comme mon
frère Félix : peintre distingué; — mais de
l'intrigue, comme moi : — aussi, toujours dans son coin, où je vais aujourd'hui
d'autant plus volontiers que j'ai un peu de
joie à partager avec lui; car enfin, nous
avons eu là deux heures d'un excellent oubli des maux de ce monde. Qu'en dites-vous,
petite?

— Est-ce qu'on oublie jamais un pareil
jour! répondit-elle en relevant les fleurs de
son chapeau qui n'avaient pas été assez inon-
dées pour ne plus lui servir d'ornement, et
d'un éternel souvenir.

Ils s'acheminèrent vers la rue du Vieux-

Colombier. Depuis long-temps M. Léonard n'avait été, comme il le disait lui-
même, baguenaudant avec une chaussure
moins *bon ton*, et des rêves plus couleur de
rose.

La loge de la portière était fermée. On
ne voyait qu'un gros chat qui tenait sa
place dans le fauteuil. On monte alors tout
droit à l'atelier, et contre le porte entr'ouverte... est-ce une vision qui frappe au cœur
M. Léonard, et le cloue sur l'escalier,
comme un homme ivre ou foudroyé?—Non,
ce n'est pas une vision :—c'est un cercueil.
Terreur! C'est un silence... Il n'y a que la
mort qui se taise ainsi; il n'y a que la perte
d'un être bien-aimé qui glace le sang, et
dresse les cheveux au front, comme le ressent M. Léonard, dont la langue s'est attachée à son palais, comme si elle ne devait
jamais dire : Pour qui cela? Ondine pâlit

de la pâleur de son oncle. La vieille portière ayant entendu quelque bruit, sort
seule de l'atelier... où brûle un cierge au
pied d'un crucifix, sur le poêle du peintre
qui s'est éteint la veille...

— N'entrez pas, monsieur, dit-elle d'une
voix basse et brève, comme si elle craignait
d'éveiller l'éternel sommeil... dont elle
était la garde passagère.

— Mais ce n'est pas lui!... Mais ce n'est
pas possible!

— C'est lui, monsieur, répond-elle en
ne sentant pas couler une larme qui glisse
sur son mouchoir; c'est votre ami. Il a été,
on peut le dire, déraciné comme un arbre
avec toutes ses feuilles. — D'hier, monsieur,
d'hier, en rentrant dans sa chambre; un
coup de sang... Ah! c'est moi qui ai eu peur
en l'entendant tomber!... Ah! monsieur!

que c'est lourd un homme qui tombe pour ne plus se relever!

M. Léonard essaya de redescendre quelques marches, mais ses genoux raidis ne semblaient plus lui appartenir.

— Et c'est fini!... tout à fait, sans espoir! dit-il en remontant.

La portière fit le signe de la croix d'un air triste et résigné.

— Demain à dix heures, monsieur; c'est pour demain à dix heures. On n'a eu le temps d'avertir que bien peu de monde : mais vous viendrez!

Monsieur Léonard ôta son chapeau, tint ses yeux long-temps fixés sur le cierge qui brûlait, éclairant le jour avec une lueur si blafarde, et il descendit sans pouvoir ajouter une question, ni un mot à ce mot : A demain.

Quand ils furent loin et seuls au milieu

d'une rue déserte, il s'arrêta pour retrouver sa respiration.

— Je donnerais la palette qui me reste, je donnerais ma montre, si elle n'etait pas vendue, pour n'avoir pas fait cette visite ce soir, pour ignorer une telle chose quelques heures encore, pour croire que ce n'est pas possible. Dites-donc, petite, ce n'est peut-être pas vrai?

— La femme l'a dit, mon oncle; elle était triste; et vous a bien reconnu pour son ami.

— Parbleu! j'y ai été deux cents fois! Allons, il n'y a pas moyen de reculer avec vous; vous êtes positive comme le destin. Je voudrais douter, ne fût-ce qu'un moment, et vous m'apportez cette portière terne et sombre comme un billet de faire part; vous êtes une cruelle enfant avec votre intégrité. La mort aussi est cruelle! elle me prend tout!

M. Léonard couvrit son visage avec ses deux mains; Ondine sentit qu'il pleurait; ce qui lui fit un grand mal. Voir pleurer un homme! presque un vieillard! presque un père! C'était la seconde fois depuis peu de temps qu'elle était ainsi consternée.

— C'est donc moi! dit-elle, en tirant doucement par le bras son oncle, qui n'y voyant plus sous son mouchoir, allait heurter un grand volet ouvert devant lui. Il la regarda tristement, et voyant les deux yeux d'Ondine surchargés de grosses larmes prêtes à tomber, il prit à son tour doucement son bras qu'il passa sous le sien, et pressa un peu leur marche jusqu'à l'atelier, où ils rentrèrent à la brune, dans ce silence amical et mélancolique qui renoue plus fortement que jamais deux bons cœurs ensemble.

— Mon Dieu! dit-il en sortant d'une

méditation où il entrait plus d'abattement
que de philosophie, envoyez-moi un autre
chagrin, afin que je sente un peu moins
celui-ci, qui me serre et me fait mal à m'é-
touffer... Une autre surprise, mon Dieu!
un contre-poids, qui ne soit pas du bonheur : je n'en ai pas faim maintenant......
Mais non; toute réflexion faite, je ne voudrais pas moins souffrir : car enfin, je l'ai
perdu, et c'était un bien honnête homme!
Oh! non; on me donnerait de l'or de mes
larmes pour pleurer d'autre chose, ou pour
m'émouvoir des mille horreurs de ce
monde, je ne le pourrais pas. Mon Dieu!
je ne peux que vous recommander du fond
de l'âme la belle âme de mon ami!...

Ondine marchait légèrement autour de
lui, ne mêlant çà et là qu'un soupir à cette
oraison funèbre, dont l'abrupte éloquence
remplissait à la fois l'atelier que le soir

rendait sonore, du retentissement de la voix; de l'écho plaintif de tous les corridors, et de toutes les cellules ouvertes et vides.

— N'avez-vous pas entendu tantôt ce lugubre coup de cloche?

— Non, dit-elle en tressaillant involontairement.

— Eh bien! je l'ai entendu, moi! Il sortait là-bas de la chambre entr'ouverte; il m'a bondi sur le cœur! Il y en a comme cela de distance en distance, tout au long de la vie, jusqu'à celui qui brise le tympan, de notre mémoire; c'est pour nous le plus beau du cadran mortel; il sonne l'éternité! J'en ai déjà reçu douze dans l'oreille, continua-t-il en comptant tristement sur ses doigts... douze de ceux qui fêlent l'existence, et lui donnent un autre son.

Je prends pour moi le nombre treize, car

je suis bien las de compter pour ceux que j'aime.

— Hélas! dit la jeune fille en cherchant aussi du cœur tous ses morts à elle : une si jeune vie était déjà peuplée d'ombres!

Elisabeth, en apportant de la lumière, se montra, pour Ondine, bienfaisante comme une étoile dans la nuit.

XII.

UN PORTRAIT D'ENFANT.

Le lendemain, M. Léonard sortit de bonne heure, et seul. Il prévint Elisabeth qu'il déjeunerait dehors. Quand il revint assez tard dans la matinée, Ondine vit son chapeau surchargé d'un crêpe. Elle s'arrêta pétrifiée devant cette enseigne de la mort. Il lui semblait tout autre ainsi décoré.

— J'en viens, répondit-il au regard plongeur de sa nièce; on dit que la promenade est utile à la santé : je veux mourir si j'y ai gagné de l'appétit. Oh! comme la terre est avide à Montmartre! oh! qu'elle a de gueules béantes qui semblent humer tout ce qui marche au-dessus d'elle!..

Une voix d'enfant cria du dehors :

— C'est moi! c'est moi!

Et des petits pieds lourds frappaient du talon contre la porte, à la manière des écoliers.

— C'est moi!...

— Qui? toi, répondit le peintre en ouvrant à un jeune garçon de cinq à six ans, qui se tint debout devant lui,

— C'est-il toujours vous qui êtes monsieur Léonard?

— Que veux-tu, mon petit camarade?

— Mon portrait. Je viens le prendre, dit en tendant les mains l'enfant, que M. Léonard reconnut pour l'écolier rose et chantant du voisinage.

— Tu as ma foi raison, mon vieux débiteur; je te dois ton portrait, car je te l'ai offert. Il est certain que tu es d'une assez belle couleur pour éclairer ton peintre. Ondine, voyez-donc : se refuse-t-on le bonheur d'une pareille étude? C'est un bouquet de roses de Hollande.

— Est-ce qu'il est fait? Ma mère le veut, cria l'écolier.

M. Léonard mit devant lui un tas de morceaux de sucre, en le faisant asseoir.

— Ecoute : si tu restes là sans bouger, cette montagne de sucre est à toi, et ton portrait par-dessus le marché.

L'enfant ne répondit rien; il s'assit où

l'on voulut, et demeura immobile en regardant *le prix* avec une confiance si fixe,
qu'elle dégénéra bientôt en un sommeil
profond.

M. Léonard peignit cinq quarts d'heure
ce petit Albane vivant, Galbe gracieux d'in-
souciance et de santé, qui venait poser là
comme une fleur, pour distraire et ra-
fraîchir la morne tristesse du peintre. Ondine, de son côté, dessinait dans le même
sentiment, cette calme diversion aux images qui la poursuivaient comme des crain-
tes.

Elle avait revu à travers un frisson cette
figure pleine de séduction et de magie dont
M. Léonard allait rendre la copie à Girodet. Elle y avait saisi avec une sagacité douloureuse la ressemblance embellie d'une
tête entrevue depuis peu. Le Luxembourg
froid et orageux, le dédain sous la forme

d'une femme, Yorick mécontent et agité, tout flottait au fond du tableau devant lequel, à son insu et dans l'absence de son oncle, elle était demeurée plongée dans une inexplicable langueur d'espérance. Qu'avait-elle appris depuis la veille, pour laisser ainsi tomber ses bras comme une personne abattue? Rien. Ondine n'avait pas de finesse, pas d'appui, ni de guide dans sa réflexion toute nue d'expérience; mais son cœur avait de l'esprit, et son cœur sentait qu'Yorick l'avait quittée trop tôt, puisqu'il pouvait encore rester! Se quitter deux heures avant la nécessité! comment eût-elle compris cette triste merveille, alors même que l'éternité de sa présence ne pouvait rassasier son espoir, ni l'attente incertaine dont elle était toujours consumée? Elle ne comprenait plus son immense joie de la veille, qui se défaisait de minute en minute, comme un

collier dont les perles tombent une à une...
parce qu'elle s'avouait presque, alors, qu'elle
l'avait éprouvée seule.

— Est-ce donc là une vraie joie? pensait-
elle. Mon Dieu ! il ne faut pas que vous
m'abandonniez ! Je ne sais ce que j'ai.....
toujours après un bonheur, un coup qui me
fait mal. C'est effrayant de vivre..... c'est
plein de menaces.... presque triste d'espérer... car il ne demande rien à mon oncle,
jamais rien, de ce que je n'ai pu tout à fait
lui répondre...

Et ses yeux d'un pâle azur, troublé par
des éclairs, erraient avec une frayeur curieuse sur ces yeux de femme, où ceux
d'Yorick s'étaient plongés jusqu'à l'extase,
devant elle. Alors son cœur lui avait crié :
Tu vois bien qu'elle lui ressemble, l'autre
qui lui a parlé! Et ses mains s'étaient jointes dans une angoisse d'indécision et de

terreur. Son oncle, couvert d'un crêpe noir, l'en avait tristement retirée.

Présentement, elle cherchait comme lui, dans le travail, un refuge au découragement des âmes tendres, quand l'enfant ouvrit des yeux un peu étonnés de ne pas se retrouver chez sa mère. Dès que sa mémoire fut tout à fait éveillée, il courut droit au sucre, et grattant sa petite tête blonde un peu boudeuse, il dit :

— Je veux m'en aller.

—C'est juste, répondit M. Léonard, respirant à son tour. Voilà ton sucre, que je t'ordonne de manger sans nous en offrir ; et voici ton portrait pour ta mère, ajouta-t-il, en roulant le trait naïf que sa nièce venait de dessiner. Si elle n'est pas contente, elle te regarderas, et tu nous retireras ta confiance. Adieu, petit ! fais-en part à tes amis et.....

— Adieu! répondit l'écolier, sans avoir écouté un mot. Et il s'enfuit avec son papier roulé, après avoir rempli sa poche du seul bonheur qu'il eût compris dans cette séance.

— Vous ne m'en voulez pas d'avoir donné votre étude, pour conserver la mienne? Elle peut servir dans votre tableau du convoi d'enfant.

—Oh! qu'elle est bien, la vôtre, mon oncle..... Merci de l'avoir gardée. Pouvez-vous peindre ainsi quand vous avez du chagrin! C'était bien mauvais, mon estompe! ajouta-t-elle en soupirant.

— Vous n'avez pas de chagrin, vous, Ondine. Vous n'êtes pas obligée de faire les vôtres de ceux qui m'arrivent.

— Pourquoi, mon oncle? Les miens vous en causeraient peut-être !

— Bah! des chagrins d'enfant. Je vous mettrais en pénitence et ce serait tout.

Ondine regardait la tête blonde, et penchait la sienne sur l'épaule de son oncle. Il ne vit pas qu'elle pleurait.

— L'essentiel présentement, dit-il, c'est que cette espèce d'ange vous plaise. Car il est pour vous, parce qu'il est pur comme une goutte de Raphaël. Êtes-vous contente?

— Il y en a comme cela dans le ciel, n'est-ce pas, mon oncle?

— Il y a tous les miens! répondit tristement M. Léonard.

—Tous les vôtres? Et moi, mon oncle!... répliqua sa voix, d'une mélancolie indéfinissable.

— Vous, dit-il en s'efforçant de sourire, après avoir tressailli de cette voix; je ne vous y laisserai aller que quand vous serez parfaite; et il faudra..... cent ans! ou bien quand j'irai moi-même dans un autre monde, accoucher des tableaux sublimes qui sont enfermés en moi, et qui me gênent la conscience, dit-il en pressant la petite main d'Ondine contre son cœur. Mais quel tapage font-ils donc là-bas? On dirait un régiment qui monte à l'atelier.

A peine M. Léonard finissait-il cette question, qu'un nombre infini de coups de pieds furent frappés contre la porte, et qu'autant de voix claires se mirent à crier : c'est nous! c'est nous! ouvrez, M. Léonard!

— Qui diable est cela? reprit-il. Voyez un peu. A Paris, on ne peut être heureux ni malheureux en paix. Ondine ouvrit la porte. L'école d'enfans tout entière assiégea l'atelier.

— Qu'y a-t-il pour votre service, mes

petits camarades? cria de loin M. Léonard
à ce troupeau devenu timide, qui n'osait
pas encore entrer.

— Monsieur! dit un des plus capables,
faisant l'orateur et tournant sa casquette
dans ses mains, *il* a eu du sucre et un portrait; y en a-t-il encore?..... Un murmure
d'approbation circula dans le corridor. La
hardiesse du député y relevait toutes les
espérances. Tous les regards étaient fixés
avec anxiété sur le front du peintre, pour
y saisir la moindre lueur d'encouragement;
elle éclata comme un rayon de soleil, dans
un sourire plein d'attraction, qui précipita
d'un plein saut tous les maraudeurs dans
l'atelier.

— Tiens! voilà encore Henri! cria le par-
leur, en pointant la petite tête à l'huile que
M. Léonard sauva de leur admiration destructive.

— Et nous! poursuivit le plus grand, en aurons-nous, des portraits? Ses amis, tantôt sur un pied, tantôt sur un autre, observaient en silence l'effet de la demande.

— Vous aurez tous du sucre, dit M. Léonard, grave et généreux comme un roi populaire. Ondine! allez chercher toute la provision d'Elisabeth pour ces jeunes aspirans. Vous aurez aussi des images, ajouta-t-il en ouvrant à leur admiration un grand carton plein de gravures qu'il leur distribua. Avec cela vous ferez des portraits ou des bons hommes pour les ombres chinoises. Les enfans frissonnèrent de bonheur. Le partage fait, et le sucre divisé par portions égales, le bon peintre les reconduisit, la tête découverte, jusqu'à la porte, où il leur demanda :

— Messieurs! êtes-vous contens?

— Oui! dirent-ils tous brièvement en regardant chacun leur image et leur sucre.

— Eh bien ! moi aussi, et au revoir ! dit-il en les congédiant.

— Vive M. Léonard ! se mit à crier l'école, en s'envolant et s'éparpillant au loin.

XIII.

CAMILLE.

Une lampe brillait un soir dans l'atelier de M. Léonard. Décembre était largement assis au cœur de Paris. Le charme intime des toits chauds et paisibles, y rassemblait partout des groupes sympathiques ; partout

où soufflait l'attractive haleine d'une
cheminée, vivante, onduleuse et animée
comme une âme folle de joie, partout des
cercles causeurs humaient ce soleil de l'hiver; partout des figures de tout âge se re-
flétaient de ces rayons d'en bas, projetant
des effets d'une lumière fantastique coupée
d'ombres crues, qui changent les physio-
nomies, comme sous les caprices des songes.

Ils étaient là, riant, dessinant, parlant
haut comme à vingt ans, où toutes les confidences d'homme se font à pleine voix :
bonheur! Le mystère, avec ses souffrances
et ses voluptés, est-il fait seulement pour la
femme, qui s'isole partout, même au milieu
du bruit, pour espérer et craindre, pour re-
gretter ou attendre!

—Oh! parbleu, toi, tu ne rêves que ba-
tailles, dit Rodolphe en ôtant des mains

d'Abel un bulletin de la grande armée, qu'il venait d'acheter et de lire à voix haute.

— Regardez-le donc! s'empressa-t-il d'ajouter : le voilà ébouriffé pour avoir passé à travers cette lecture, comme s'il arrivait d'un camp, et qu'il ait vu de près l'*œil rouge* de la guerre.

—Ce n'est pas mal! cria un jeune peintre tout éclos, se vengeant aussi de sa petite taille : il est avec cela si grand, cet Abel, qu'au-devant de la cheminée, dont il s'empare en masse, il a l'air d'un homme à cheval.

— A bas le cheval et le cavalier frileux! crièrent-ils tous en se jetant sur lui, y montant comme à l'escalade. Abel se laissa faire et rouler comme un enfant géant, sur un canapé boiteux, qui craqua sous sa chute.

— Ils vont se faire mal, dit Ondine. Ro-

dolphe! Hérold! et vous, monsieur Paul,
qui excitez les grands, ici tous! et en repos.

Ils obéirent un moment, car Ondine
était puissante avec sa douce voix qui ne
s'élevait jamais sans trembler un peu; parce
que ce courage lui venait toujours d'une
émotion tendre. Elle était ainsi; toute pitié
pour les autres. Yorick, qui lisait à la ré-
verbération de la lampe, parut s'éveiller,
et chercher d'où venait cette voix, comme
s'il ne la connaissait pas encore. Préoccupé
de sa lecture, qui semblait aigrir ses sensa-
tions, à lui, il attacha sur elle un long regard de feu, ardent et profond comme la
pensée qui le remplissait, un regard à faire
mourir une jeune fille. Elle le crut jaloux
d'elle, et se retira lentement vers la fenêtre, regardant à travers tout ce qu'elle ne
voyait pas, et versant sur ce froid aspect

de décembre , dans la vaste cour en ruines,
toutes les flammes que ses yeux venaient de
recevoir des yeux d'un jeune homme... qui
ne l'avait pas vue !

—Je lui fais bien mon compliment de ses
longues jambes, disait, en plongeant ses
brosses dans l'huile, M. Léonard, après
s'être assuré qu'Abel n'était pas blessé.
Nous entrons dans des routes nouvelles où
il y aura de larges ruisseaux à enjamber. Il
a raison de lire les bulletins; c'est le fond de
toutes les langues aujourd'hui; c'est là-bas
que s'allume le phare de l'avenir. Leurs té-
légraphes sont l'image de l'essor que va
prendre la pensée. Ce bivouac qu'il vient
de nous lire , c'est l'urne brûlante où se
jettent et s'agitent les boules blanches et
noires du monde. L'armée et les tambours
qui roulent, les canons , les chutes d'hommes , d'empires et de rois, ne laisseront pas

un enfant endormi dans son berceau. Je
vous conseille de vous préparer à la course,
messieurs, et de ne pas vous charger d'un
bagage antique trop considérable ; car il vous
faudrait tout vendre comme des vêtemens
usés. Un paquet sous le bras suffira : vous
apprendrez en créant à votre tour ; vous
regarderez dans la nature renouvelée, ce
qu'ils ont regardé, les autres! Rien de ce
qui fut ne restera debout. Les colosses chan-
celleront, et vous aussi, un jour; quand vous
aurez éclairé votre sentier, d'autres le
trouveront trop sombre ou trop étroit, et
s'en empareront pour l'élargir : on vous ap-
pellera *ganaches* à votre tour, entends-tu,
toi, Paul?... Je vous dis que c'est du haut
de la colonne, où je monte quand je n'ai
rien à faire, que je vous vois tous avec vos
lampions sur la tête, courant en tous sens
et en bottes fortes, sur ce chemin glissant

plein de lueurs belles et railleuses, vous reconnaissant à peine en route, bien que partis du même point.

— Ouf! dit Paul. Tu as l'air de rouler
un caisson, Léonard! mais tu donnes de
bons conseils. En avant! qui m'aime me
suive! s'écria-t-il en remontant tout en haut
d'Abel, qui, pris au dépourvu, tomba une
seconde fois renversé par cet assaillant de
trois pieds et demi.

— Jugez tous, dit le premier en l'examinant assis par terre, s'il n'a pas l'air d'un
groupe à lui tout seul? Je le tiens pour dit,
continua-t-il, il y a là un homme et un
cheval : à la preuve! à la preuve! Et faisant
signe aux autres de tenir en respect Abel,
qui riait trop pour changer d'attitude, des
coups de crayons hardis firent jaillir l'esquisse d'un Arabe pleurant la mort de son
coursier.

On applaudit. Abel fut libre, et prédit un touchant tableau dans ce badinage du génie.

— Ta tête seulement n'est pas arabe, observa-t-il judicieusement.

— Oh! j'y mettrai la mienne! dit son ami en pliant en quatre son esquisse, qu'il fourra dans sa poche. Michel-Ange prenait dix maîtresses pour faire une vierge.

— Tant mieux, reprit Abel, excitant la verve de son cher émule. Correct comme je suis, tu ne me ferais pas ressemblant.

— Toi! toi! je te dessinerais sur la neige! répliqua le rival enflammé de conviction, et bouleversant tout pour trouver une palette : il le fit immense et frappant.

Ces joyeuses disputes, où l'inspiration s'élançait d'une saillie, n'empêchait pas le jeune Rodolphe d'observer avec une inquiétude assez active l'innocente contemplation

d'Ondine, qui n'écoutait que le silence
d'Yorick. Il était en effet parlant pour elle,
qu'il intéressait seule, mais tout entière.
C'était donc, pensait-elle, bien instructif
ce qu'il lisait ! puisque les éclats de rire, les
hourra, le bruit qu'elle faisait elle-même
par intervalle, en rangeant une chaise, en
activant le feu, en passant furtivement
comme une ombre devant la lampe, pour
en suspendre la lumière, rien ne pouvait
l'ôter de sa lecture : et toutes ces ruses de
jeune fille, dont l'instinct se révèle avec
d'autant moins de crainte, que c'est au milieu du monde, sans l'effroi de parler, quitte
de sa propre surveillance, devant tant de
sauve-gardes et de bruit, qui enveloppent
l'amour timide d'une sécurité si dangereuse;
Rodolphe les voyait; elles confirmaient des
idées passées vaguement, mais plus d'une
fois déjà dans l'école. Déjà plus d'un avait

dit, en la voyant rougir à son aspect :
« Qu'est-ce qu'il vient donc faire ici, cet Allemand? » Ce n'était plus tout à fait avec
les mêmes yeux enfin qu'ils regardaient Ondine, grandie, embellie de l'espérance de
plaire, dont les progrès rapides sur la
toile poursuivaient les leurs, et cessant tout
à coup d'être enfant rieur, pour qui? pour
un Allemand! Ah! cette idée ne valait rien
à Rodolphe, rien à ses camarades, elle fer-
mentait comme un levain presque aussi ac-
tif que l'amour : c'en était assez du moins
pour ne pas laisser une longue paix dans
cette petite chartreuse, et pour qu'ils se
crussent tous amoureux!

Ondine, jusque-là, livrée à son premier
étonnement d'aimer, d'être aimée! s'y livrait
avec une plénitude de bonheur à l'aveu-
gler sur tout le reste, et ne voyait aucun
nuage poindre dans son ciel d'amour.

Yorick, qui marchait droit à ce qu'il appelait sa fatalité, ne voyait non plus devant
lui que l'étoile tantôt brillante, tantôt sombre qui l'y entraînait; et ce soir encore il
était là, comme toujours, l'immobile proie
d'une passion dévorante et combattue, dont
les mille rayons tourmenteurs se concen-
traient partout où se posait sa vue. Ils dar-
daient dans ce moment sur son livre, que
tous ses traits lisaient, que toute son âme
buvait comme un poison doux et amer, pareil à celui qui égarait sa jeunesse. Ce livre,
c'était la poésie, c'était l'amour, c'était
André Chénier! Il brûlait les mains d'Yorick, ivre à la fois et jaloux de se trouver
tout traduit dans ces cris du poète : Mort
si jeune! honte et regrets immortels!.... et
malheureux comme lui!

Tout à coup il se lève impétueusement,
jetant sur la table ce livre qu'il appelle fu-

neste. O Klopstock! crie-t-il, venez à mon
secours! Otez-moi ce livre! poursuit-il en
marchant à grand pas; une pareille poésie
entraîne à la démence; c'est un cœur ouvert
qui brûle et qui égare le cœur!

Le petit cercle mobile s'arrête stupéfait;
car il est certain que ce jeune homme avait
un air singulier.

— Qu'est-ce qu'il a donc? demande Paul
d'un ton plaisamment effrayé.

Yorick, frappé de cette jeune voix mordante, et de l'inconvenance de son transport, sourit de lui-même et se rapproche
d'eux, en reprenant l'air de tout le monde.

—C'est que tous ces poètes, n'est-ce pas,
M. Léonard? dit-il pour surmonter l'émotion dont il est honteux, sont fous et pleins
d'exagérations. On finira par exécuter leur
sentence d'exil hors des portes des villes,
et couronnés de roses. Ce serait sage, peut-

être, ajoute-t-il avec un maintien redevenu calme, que dément le sombre éclat de ses yeux.

— Quoi! vous aussi, jeune homme, dit M. Léonard, défenseur de tous les arts, vous êtes en colère contre la plus innocente folie humaine! Plus cruel encore que la censure, qui ne fait, dit-on, qu'en retrancher des feuilles (les plus belles, il est vrai, peut-être), vous écrasez tout d'un coup cette plante suave, bonne du moins à consoler quelques âmes solitaires, glacées du froid contact de nos longs hivers; à tenir lieu d'un peu de soleil, si rare, si souvent voilé de nuages, pour les vrais artistes, depuis les beaux temps antiques, ce soleil qui a tout inondé, tout fécondé de sa lumière?

Je crois que c'est Dieu, moi, qui jette ces âmes-là, dans un redoublement d'amour, comme il sème les fleurs.

Vous ne voulez que de la prose, forte, puissante, libre, sévère.... Tout le monde n'en sait pas écrire : la pensée éloquente meurt souvent étouffée sous des lèvres découragées. Nous avons chacun un grand livre dans le cœur, plein de leçons austères et utiles, si nous pouvions le faire imprimer : mais on l'emporte avec soi, comme un registre à régler devant Dieu.

Le chagrin caché se fait jour quelquefois à travers une fable, une élégie, une pauvre chanson ; et si vous, messieurs les frondeurs, agités des révolutions qui s'expriment au dehors, ne pouvez à tout moment descendre dans des destinées indigentes, qui n'ont d'autres concerts que l'orgue de Barbarie et leurs plaintes rimées ; vous qui êtes délicats et sévères, qui ne voulez vous laisser prendre qu'au chant d'un prophète sublime, au cri d'un aigle, que sais-je ? devenez bons, restez enfans : ils tirent parti de tout pour s'amuser et être heureux. Songez que le chant même de la cigale dit quelque chose dans la création, et fait ressentir çà et là un souvenir, une joie, une émotion tendre.

Paul s'endormait tout barbouillé d'estompe. Yorick saisit les mains du peintre, et dit en les serrant : — Digne monsieur Léonard! Les autres, entièrement livrés au travail, écoutaient les réflexions de leur vieux ami comme un accompagnement favorable aux coups de leurs crayons plus rapides.

— Assez jouer, dit Paul en se réveillant vif et sérieux, et révélant le but qu'il atteindrait un jour par sa manière d'y courir.

Ondine, sans se douter que Rodolphe l'épiât en dessous de son modèle, avait fixé comme une abeille toute son âme sur une fleur tombée du livre d'Yorick. Cette saison qui la rendait plus rare, la rendait aussi plus attrayante pour une jeune fille amoureuse.

— Elle est venue ici pour moi, pensait-elle confuse de plaisir. Elle tourna plusieurs fois autour de ce frêle trésor; un sourire errait sur toute sa personne. Mais à peine eut-elle touché et regardé cette pensée nouvellement cueillie, qu'elle eut peur de sa hardiesse, et la remit, sans toutefois la perdre des yeux, non plus que Yorick dont elle suivait les moindres mouvemens. Ondine, assurément, n'était pas fataliste, mais il est vrai de dire que quelque chose lui défendait toujours de croire au bonheur quand il s'offrait à elle; une raillerie imprévue s'attachait à toutes ses fraîches espérances, et murmurait : *non!* Une fleur, qui tient quelquefois tant de place dans une destinée d'amour, ne se trouvait point par hasard dans les mains d'Yorick : Ondine était assez savante déjà pour en être sûre : et cette façon de lui apporter ainsi un aveu devant tous, lisible pour elle seule, liait si bien son cœur à celui d'Yorick! Oh! c'était un charme comme il s'entendaient sans parler !

Que dut-elle donc ressentir, lorsqu'elle le vit, ramené par le hasard auprès de la table, y retrouver, y reprendre et froisser avec colère l'*aveu* qu'elle croyait avoir compris si bien, le broyer, le tordre dans ses doigts contractés d'une sourde irritation, et comme s'il s'amusait à la manière des enfans qui détruisent pour observer, suspendre la fleur fanée au-dessus de la lampe, comme au-dessus d'un bûcher, l'y consumer patient et curieux; suivre les convulsions de chaque feuille refoulée sur elle-même, par l'action corrosive du feu, en recueillir la cendre au creux de sa main, et la disperser ensuite au souffle de son haleine puissante, aussi content de lui que s'il avait fait la plus belle chose du monde. Au fait, c'était peut-être un grand acte de courage, un sacrifice immense obtenu sur lui-même.

Il fallait que ce fût quelque chose de cette nature, car il n'y eut rien de plus résigné, de plus amical que le sourire dont il poignarda la tremblante jeune fille, qui avait suivi toutes les infortunes de la fleur, comme si sa vie en dût dépendre, quand il la vit tout à coup le regarder de l'embrasure d'une fenêtre, où elle était encadrée d'une draperie sombre, et blanche comme l'immobile pendant de la petite Diane de marbre. Tout ce qu'elle put inventer au monde pour justifier cet acte, qu'elle trouvait barbare, jusqu'à lui donner des larmes, c'est qu'Yorick était injuste, jaloux. Elle savait déjà qu'on peut l'être en amour. « Si mon oncle ne nous devine pas, pensait-elle, nous sommes perdus..... car il ne m'entend plus du tout, Yorick ! » Elle croyait qu'il l'eût jamais entendue !

Il est certain que Rodolphe l'avait beaucoup mieux pénétrée.

— Adieu, Léonard! cria Paul qui s'enfuyait, en donnant à tous le signal du départ... Ah! que je suis bête! dit-il en revenant sur ses pas, tout essoufflé; j'oubliais de t'avertir, Léonard, et j'étais venu exprès, que le prince Ferdinand d'Espagne, tu sais bien, qui est à Valencay, doit envoyer chez toi pour t'acheter ta sainte Cécile. Veux-tu la vendre?

— Comment la connaît-il? puisqu'il est prisonnier.

— Ah! ma foi, je l'ignore, répondit Paul.

Mais, laisse donc : ils ont des yeux à gages, ces princes; celui-là, du moins, qui dort toujours. Ce qu'il y a de sûr, c'est que son médecin, qui connaît mon père, est venu lui demander de le mettre en rapport avec toi pour cette acquisition, qui ira, dit-il, un jour, à l'Escurial. Ne vas pas faire l'enfantillage de refuser, dis donc, Léonard! Tu as déjà manqué une bonne occasion. Je t'ai assez grondé, j'espère!

— Je t'en remercie encore, Paul; comme de songer aux tableaux de ton vieux camarade.

— C'est que j'ai le temps de songer aux miens. Vends ta sainte, entends-tu? c'est une bonne affaire qui ira rondement. Mon père viendra en causer demain avec toi. Bonsoir, Léonard! Et Paul s'enfuit en sifflant comme un rossignol.

Tandis que M. Léonard reconduisait

tous ses jeunes amis , jusqu'au bout du long corridor retentissant de leurs bonsoirs bruyans, Ondine ne résista pas au désir de plonger à son tour les yeux dans le livre oublié, à la page même, marquée du signet vert, qui recélait des choses si puissantes sur la raison d'Yorick. Elle n'entendit même pas Elisabeth qui marchait autour d'elle, car elle lisait avec étonnement :

Ah ! portons dans les bois ma triste inquiétude.

Ah ! Camille ! l'amour aime la solitude.

Ce qui n'est point Camille est un ennui pour moi.

Là , seul , celui qui t'aime est encore avec toi.

Que dis-je ! ah ! seul et loin d'une ingrate chérie

Mon cœur sait se tromper : l'espoir, la rêverie ,

La belle illusion la rendent à mes feux ;

Mais sensible, mais tendre, et comme je la veux :

De ses refus d'apprêt oubliant l'artifice ,

Indulgente à l'amour, sans fierté , sans caprice ,

De son sexe cruel n'ayant que les appas.

Je la feins quelquefois attachée à mes pas ;

Je l'égare et l'entraîne en des routes secrètes.

Absente, je la tiens en des grottes muettes...

Mais présent, à ses pieds m'attendent ses rigueurs,

Et pour des songes vains, de réelles douleurs.

Camille est un besoin dont rien ne me soulage;

Rien à mes yeux n'est beau que de sa seule image.

Près d'elle, tout comme elle est touchant, gracieux,

Tout est aimable et doux et moins doux que ses yeux!

Sur l'herbe, sur la soie, au village, à la ville,

Partout, reine ou bergère, elle est toujours Camille.

Et moi toujours l'amant trop prompt à s'enflammer,

Qu'elle outrage, qui l'aime et veut toujours l'aimer.

Etrange! dit-elle à elle-même; ici, c'est une femme qui s'appelle Camille. Ah!... ce nom-là va bien mieux à Yorick et au petit enfant qu'il protége avec moi..... Allons donc! il n'y a pas de femme qui s'appelle Camille... il n'y en a pas.

— De quoi donc, mademoiselle?

— De femme qui s'appelle Camille.

— Vous savez bien que c'est le nom de

notre pauvre enfant, dit Elisabeth, qui ne faisait qu'y penser.

— C'est vrai, repartit la jeune fille. Non, il n'y en a pas.

— Qu'est-ce qu'il n'y a pas? demanda M. Léonard, tout grelottant du corridor.

— De femme qui s'appelle Camille, monsieur?

— Je n'en ai pas connu une seule, affirma-t-il, après avoir cherché.

Ondine l'embrassa et lui souhaita une bonne nuit.

XIV.

UN NUAGE.

Le lendemain, le surlendemain, durant bien des jours, rien n'alla mieux pour elle.

A peine elle voyait clair dans ses nouvelles impressions, que tout le monde semblait la deviner et se plaire à troubler l'enchantement de son cœur. Elle éprouvait déjà la triste surprise de voir tout changer autour d'elle.

Les chers compagnons de ses études qui la traitaient en sœur, la voient-ils tout à coup avec d'autres yeux? S'éveillent-ils tous à la fois sur ses grâces inaperçues? Fallait-il que l'un d'eux la distinguât, ou qu'elle distinguât l'un d'eux, pour devenir l'objet de l'attention et de l'envie de tous, pour que tous prétendissent à lui plaire? On ne rit plus que du bout des lèvres; on se parle à l'oreille; on fait de l'esprit; on prodigue à l'innocente fille des saluts profonds, marqués d'une politesse cérémonieuse qui la confond d'embarras et d'étonnement. Ils laissent entre eux, avec toute l'imprudence de leur âge, échapper des mots railleurs sur les *préférences* romanesques, sur l'enthousiasme pour l'originalité étrangère, sur

la capricieuse imagination des femmes,
grimpante, ascendante comme la chèvre,
à tout ce qui lui donne l'aspect de l'inac-
cessible, et mille traits brûlans de sarcasme
jaloux qui la couvrent de rougeur et de
gêne.

Son oncle, dont elle cherche toujours à
rencontrer les yeux après ces réflexions,
qu'il terminera d'un mot, sans doute, son
oncle est impassible ; il n'entend pas : il
voit régner l'ordre et l'harmonie, quand
chacun s'occupe à peindre comme lui. Les
paroles dites à voix basse ne le regardent
pas ; et sa nièce, qui étouffe à demi dans cet
air de contrainte et de petite guerre allu-
mée contre elle, il la croit heureuse et paisible. Qu'aurait-elle à souhaiter au monde ?
pense-t-il : elle fait de la peinture. Il faisait aussi de la peinture, lui, quand il était,
selon ses aveux, étendu sur sa croix devant

l'ardente image de Marianne, dont il ne parlait à personne!

Mais il a si souvent, et de si bonne foi, fait l'éloge d'Yorick devant eux; il les croit eux-mêmes pénétrés pour lui d'une estime si franche et si fondée, qu'il faudrait qu'on le nommât tout à fait pour qu'il comprît qu'on l'accuse ou qu'on l'envie.

Ce matin, par exemple, quand elle est descendue au travail, où tous l'avaient devancée, personne n'a levé les yeux sur elle : c'était comme un complot de bouderie et d'inconvenance à faire fuir. Tous ont fait semblant d'être perdus, absorbés dans l'étude. Rodolphe s'était assis de façon qu'il fallait qu'on le dérangeât pour passer; elle attendit quelques minutes, afin qu'il se levât : il ne se levât point; c'était dans sa tête, sa tête d'enfant maussade et vaniteux.

— Pardon, Rodolphe, dit-elle enfin; il

faut que je vous arrache à votre distraction :
un peu de place, s'il vous plaît.

— Ah ! comment donc ! s'est-il écrié,
comme un homme tout à fait séparé des
objets extérieurs, c'est moi qui vous demande pardon, cent fois, mille fois pardon,
mademoiselle Ondine !

— C'est trop, mille fois, Rodolphe, re-
prit-elle doucement, mais en le regardant
surprise et un peu mécontente de l'affectation de ses excuses.

Et le voilà qui se met à rougir de ce doux
regard reprochant, et à retirer avec grand
bruit sa chaise, qui s'en va rudement heurter celle d'Yorick, d'Yorick debout à l'aspect d'Ondine, s'enquérant avec vivacité si
elle est atteinte et blessée.

—Nullement ! dit-elle, en le saluant avec
une confiance modeste.

— Alors, je ne dois pas l'être, reprend-il

en fixant Ropolphe avec un peu trop de
fierté, et en reprenant tranquillement sa
chaise, sans s'y asseoir encore.

Au même instant tous se lèvent avec une
grande ostentation de révérences pour la
laisser passer, se confondant en excuses ou-
trées, d'être si mal à propos dans son chemin, et de trop dans celui des autres. Cette
finesse échappa au jeune étranger, trop inquiet, trop malheureux lui-même peut-être,
pour se croire l'objet de la jalousie de personne.

Cette fantaisie d'amour-propre une fois
glissée dans ce cercle naguère si paisible,
y devint la cause d'une perturbation sourde
et tracassière, dont l'innocente Ondine
souffrait seule à vrai dire; car pour eux,
ç'était un passe-temps d'écolier, un feu fol-
let allumé par le dépit, sans conséquence
d'incendie et de malheur. Un être aussi pur,

aussi vrai, ne tire point parti de ces orages passagers du cœur des jeunes hommes, pour les entraîner dans le gouffre d'une passion attisée par l'espoir, par les ruses dont s'irrite et s'exalte l'orgueil intéressé de cet âge inflammable.

En tout elle devait souffrir seule. Jamais jusqu'alors ses charmes, ingénus, brillans, n'avaient éveillé en eux une seule pensée d'amour : pas un ne songeait qu'elle fût d'une autre nature que lui-même, avant qu'elle eût vu celui qui s'était, devant eux, emparé de toute son âme naissante : à présent, tout le respire autour d'elle; elle ne voit plus rien qu'à travers cette image; il est dans tous les yeux; il agite l'air qui circulait si calme, si égal autrefois parmi ses jeunes frères insoucieux et confians. Elle n'a plus dans eux tous un ami! Cette idée lui arrache un soupir, un soupir d'ange, qui re-

grette une harmonieuse halte dans son court
exil sur la terre. Elle rappelle ses frères,
ce respect dans leur amitié, sur laquelle
n'avait jamais passé un nuage. Leurs regards
pleins d'ironie, et presque de colère, lui
font détourner les siens, qui n'osent plus
qu'à peine effleurer Yorick.

— Faudra-t-il, dit-elle en elle-même,
finir par ne plus descendre! Mais la chambre d'Elisabeth est mal éclairée pour peindre; d'autres raisons accourent en foule
pour lui défendre un tel recours.... et puis
la première suffit, il faut peindre. Et s'il
est jaloux, lui, de plus en plus triste, de
plus en plus sauvage et bizarre..... elle le
consolera; elle lui dira les mots qui revien-
nent incessamment dans sa mémoire, et
appris pour lui : un jour qu'il sera pâle et
inquiet, irritable ou abattu, elle lui dira :
Yorick! écoutez : je sais une chose; je la

sais pour vous : ne soyez plus triste, Yorick,
car il faut aimer ou mourir?

Voilà ce qu'elle lui dira, cette jeune fille,
et tout sera bien alors !

XV.

LE REVE DÉTRUIT.

—Vous ne voulez donc pas venir, Ondine? demandait quelques jours après M. Léonard, sortant pour aller aux Bouffes; décidément vous ne voulez pas?

—Non, mon oncle, répondit-elle en

16.

riant, animée ce jour-là d'un de ces bon-
heurs sans nom, d'un vaste plan de travail,
d'une disposition tout harmonieuse, qui
n'avait besoin d'aucune distraction étrangère. Merci !

— Eh bien ! à ce soir, dit-il rayonnant
comme elle : car la musique italienne lui
faisait au loin une invitation à laquelle il lui
eût été impossible de résister. A ce soir !
répéta-t-il en retournant à son chevalet,
quitté plus tôt qu'à l'ordinaire. Je vous ordonne d'être bien heureuse et bien sage.

Elle demeura seule, émue et libre ! Sa
pensée s'envolait devant elle, comme si
elle ouvrait de grandes ailes dans l'espace ;
à peine son jugement pouvait-il la suivre.
Contente, mais étonnée de cette solitude
entière, elle courut vers la fenêtre pour ap-
puyer un moment sa liberté rêveuse. Elle y
demeura long-temps ravie et tournoyant

dans son cercle de doux mirages. La neige de trois jours, affermie par l'haleine du vent de nord, couvrait d'un vaste suaire tout le couvent, les décombres et les monumens commencés. Il n'était pas six heures, et la lune déjà flottait pure et tranquille au-dessus de Paris et du monde ! Elle remplissait l'atelier d'une lumière douce comme l'espoir en glissant sur les vitres plus brillantes par l'action d'une forte gelée. Ondine la regardait monter silencieuse et seule. —Toujours seule, disait-elle. Pourtant elle est bien calme, et ne paraît pas souffrir : elle est aimée durant le jour, peut-être ; et avec cette pensée, c'est un bonheur qu'une grande solitude ! pour elle aussi, peut-être, sa nuit est peuplée d'illusions !

Ses illusions à elle, tendres et pieuses, confiantes comme l'amour vrai, s'harmoniaient avec sa figure transparente et mo-

bile. Un sentiment profond de reconnaissance pour l'amour qu'elle éprouve et celui
qu'elle inspire, l'entraîne à genoux, car
elle est sûre que Dieu la regarde et lui permet d'aimer ainsi. Glissée au pied d'une
chaise qu'elle a marquée d'un ruban, parce
qu'elle ne sert qu'à Yorick, elle prie devant
cette majestueuse église du ciel, où quelque ange peut-être suspend chaque soir une
lampe ardente pour surveiller les âmes
commises à sa garde.

Quelle joie pour ceux qui l'aiment, pense-
t-elle, quand ils vont apprendre le grand
événement qui s'apprête dans sa vie ! comme
son oncle chérira Yorick, dès qu'il saura
que c'est à lui qu'elle doit ses progrès, et le
talent qu'elle va bientôt avoir ! et lui,
comme il sera fier de le lui avoir donné !
quelle sympathie de goûts, d'humeurs !
quelle douce maison, plus tard, quand sa

sœur y viendra, étonnée, curieuse, contente!
et qu'elle dira : mariée! Ondine! est-ce possible? Oh! c'est à pleurer de joie, une perspective pareille : aussi elle pleure; aussi des
larmes qu'elle ne sent pas tomber, mouillent
le sourire qui ouvre ses lèvres en prière.
Aussi, consacrer une telle soirée à la contemplation de l'image plus heureuse d'Yorick, c'est comme la passer avec lui! Ces
portraits éclairés à demi, ces dessins épars,
ce marbre pur qui vient de lui, tout le re-
trace, tout s'anime et brûle, tout en parle;
le feu roule son nom!... et elle dit : Que je
suis bien! Tout à coup elle entend frapper.
Elle lève ses mains, puis elle les pose sur
son cœur pour l'empêcher de battre ou de
s'enfuir; car elle a reconnu ces coups pré-
cipités. Ils ont comme une voix pour elle
seule; et à ce trouble qui la parcourt de la
tête aux pieds, il est impossible que ce ne

soit pas lui! Pourtant elle ne bouge pas; où en trouverait-elle la force?

On frappe encore, on redouble avec instance. Elle se penche en avant et demande:
— Qui est là? Qui êtes-vous?

— M. Léonard! Elisabeth! Ondine! ouvrez-moi!

— C'est sa voix.... Dieu! qu'elle lui plut! En rassemblant tout son courage, elle entr'ouvre à peine la porte, et passant sa tête en dehors:

— A demain! dit-elle. Je suis seule, mon oncle est au spectacle. Adieu!

— Non, pas encore adieu! répond-il; laissez-moi vous parler! qu'Elisabeth descende. Je veux vous voir! et il l'oblige de céder à l'effort qu'il fait pour ouvrir entièrement la porte.

Le voilà devant elle. Elle le regarde. Qu'il est changé! Pourquoi cette agitation

qui la frappe, bien que sa parure soit plus
brillante, plus recherchée que la veille?
D'où vient-il donc si beau! mais si pâle!...
et où va-t-il?

—Bonsoir! a-t-il dit. L'altération sensible de sa voix, tous ses traits altérés frap-
pent Ondine d'un saisissement qu'elle n'a
jamais senti.

—Je ne voudrais pas vous troubler, poursuit-il; mais j'ai souhaité voir M. Léonard,
vous voir seuls, sans aucuns témoins de la
folie honteuse où je suis..... Il fallait aussi
prévoir, régler le sort du pauvre enfant que
nous avons nommé ensemble : voici son
avenir, écrit, signé de ma main; le double
de cet acte est chez le notaire, dont il porte
le nom : M. Léonard verra bien. Moi, en
Allemagne, en Italie, je ne sais où, il m'eût
été difficile de veiller sur ce devoir : j'en ai
tant oublié! J'ai oublié ma mère, qui n'est

plus!... Mais non , ce n'est pas vrai. J'y
pense toujours devant vous.... devant vous
seule, Ondine, je mettrai tout mon cœur à
découvert.... Vous voyez un homme bien
malheureux !

— Pourquoi vous faire du mal? dit-elle
en retrouvant, en détestant pour lui le souvenir d'une soirée jalouse : pourquoi si injuste?

— Injuste! moi, s'écrie-t-il en se prome-
nant à grands pas dans la demi-teinte du soir
qui commençait à rembrunir l'atelier; injuste!... Plût au ciel! non; mon cœur est
éclairé .. par un coup de tonnerre. Je connais mon malheur; je m'en vais avec lui,
mais la perfidie me révolte. Trahir ainsi!
poursuit-il en saisissant la main d'Ondine
et la pressant à lui faire peur; quelle indignité! me combler d'espérance, et se pro-
mettre, et choisir, et se donner à un autre!

— Quoi?... s'écrie-t-elle avec épouvante.

— Honte et fureur ! interrompt-il en déchirant son mouchoir par lambeaux; mais demain à la pointe du jour, je pars, je fuis. J'ai voulu vous voir, vous! mais jamais je ne reparaîtrai devant les autres. Adieu ! Ondine, adieu!

Effrayée de cet égarement, elle s'élance entre la porte et lui. Elle l'arrête et lui dit hardiment de sa voix tremblante :

— Yorick! votre défiance est un crime devant Dieu. Je l'atteste! détrompez-vous, détrompe-toi, Yorick!..... Il y a de quoi perdre la raison de vous voir ainsi! Oh! que c'est mal d'accuser sans savoir !

— Je sais! mais je sais! mais j'ai vu !

— Non; c'est faux, je le jure. Qui le sait, si ce n'est moi? si ce n'est Dieu, tenez, qui nous regarde là-bas? Restez, oh! restez, pour vous repentir d'avoir soupçonné un cœur qui vous aime, qui n'aimera que vous!

Elle parlait vite, ou plutôt, son âme parlait. Elle était seule avec son amant désespéré, qui s'en allait *demain!* Elle aurait voulu savoir mille mots, mille sermens, pour le persuader et le guérir : car il était affreux l'état où elle le voyait.

Et lui se jette à ses pieds, la regarde avec des yeux où brillent la surprise, le doute, l'espoir...

— Mais c'est un rêve que vous me dites là! Mais êtes-vous un ange qui déchirez ma terrible vision? Quoi! je ne suis pas trahi? quoi! je n'ai pas vu?...

— Non.... non!.... disait la jeune fille haletante, tandis qu'il baisait ses mains, sa robe, ses cheveux tombés sur ses genoux.

— Parlez, Ondine! adorable enfant! dites ce que vous savez, dites que ce n'est qu'un jeu, une épreuve encore... Mais, non, vous me trompez aussi.... tout trompe dans le monde! Tenez, démentez sa couronne que j'ai volée à sa corbeille nuptiale; tenez, dit-il en la foulant aux pieds. Défendez donc la parjure, l'indigne Camille!

Un cri d'horreur sort du cœur d'Ondine, retombée sur sa chaise comme si la foudre l'eût frappée; elle ne voit plus qu'à travers un brouillard; sa raison se mêle avec sa terreur : toute la vie semble s'échapper loin d'elle. Son front heurte celui d'Yorick, qui, frappé lui-même de ce cri déchirant, retombe à genoux devant elle, stupéfait, curieux, parcourant d'un regard plein d'anxiété cette jeune tête, si pâle qu'on la jugerait morte. Ils ne parlent plus ni l'un ni l'autre. Elle l'a entendu pourtant se traîner jusqu'à elle sur ses genoux; elle tourne un regard mourant vers cette figure, cette

belle figure d'Yorick, toute pâle aussi, toute
baignée de larmes.

— Ne pleure pas, Ondine! ne pleure pas!
murmure-t-il.

Elle ne pleure pas : elle ne doit plus
pleurer. Mais cette voix, ce nom qu'il ose
lui donner; sa main qu'elle sent brûler près
de la sienne, lui causent une frayeur désespérée. Elle se lève tout entière; elle veut
crier encore, mais son souffle s'éteint dans
sa bouche.

— Allez-vous-en! dit-elle d'une voix
étouffée; il y a trop de lumière ici... allez-
vous-en! Vous m'avez rendue honteuse pour
le reste de ma vie.

Il sanglottait, lui; mais ces sanglots du
cœur, ces mains qui l'étreignent, le délire
de ses yeux, la révoltent, l'épouvantent:
elle se dégage avec une force qu'elle croit
devoir à la colère, et elle s'enfuit vers sa

chambre comme vers son dernier asile.

Au moment de passer la porte, elle s'arrête, comme pour mourir ; elle voit Yorick prosterné dans son étonnement, bourrelé comme un criminel abandonné de tout le monde, d'elle-même ! Oh ! c'était triste comme un désert ! Une résolution, qu'elle aurait jugée impossible si elle ne l'eût sentie, se fait en elle : calme, elle revient, douce comme la pitié ; elle attache sur lui un long regard plein de reproche et de pardon.

— Que mon secret meure avec vous et avec moi, dit-elle. Ne faites jamais ce mal à mon oncle de lui apprendre qu'il n'y a plus pour moi de repos dans ce monde, à cause de vous. Oubliez-le vous-même... Il me l'avait bien dit, poursuivit-elle en se détournant tristement ; mais c'est si difficile de croire au malheur dans l'amour !

Ce mot la frappe de stupeur, et siffle comme un son aigu qui traverse sa tête. Elle y porte les mains, en répétant d'une voix sourde :

— Allez-vous-en! allez-vous-en!

Peu après, elle entendit fermer l'atelier, puis elle n'entendit plus rien; puis, en étendant ses bras sur la porte, dont elle s'était approchée pour écouter encore :

— Dieu soit loué! dit-elle, je meurs!

— Que dites-vous donc, mademoiselle? demande Elisabeth en apportant de la lumière, qui entre comme une lame d'acier sous les paupières d'Ondine.

— Un mal de tête affreux! Elisabeth, répond-elle en tournant le dos à cette lampe redoutable.

— Aussi, vous travaillez trop tard : cela tire les yeux. L'hiver n'est pas l'été. Mais où donc est monsieur? Je croyais qu'il parlait avec vous tout à l'heure.

— Il est aux Bouffes, Elisabeth. Il rentrera bien tard !

— Eh bien ! moi, si j'avais un conseil à vous donner, ce serait de vous coucher de bonne heure : une longue nuit de sommeil double un jour de travail. Demain, vous serez fraîche comme une rose, et éveillée comme une souris.

— Merci, Elisabeth. Je ne travaillerai plus qu'une heure.

— Mais vous tombez de migraine.

— Une heure, Elisabeth. Je veux écrire à ma sœur... car il y a long-temps que je n'ai écrit à ma sœur.

— Pardi ! toute cette peinture vous dévore. Allons, écrivez une heure. Relevez toutes vos tresses sous votre bonnet; il est trop petit pour tant de cheveux; mais ils vous tiendront chaud. Quelle forêt! miséricorde! Il n'y a rien de si bon que la chaleur pour la migraine.

— Merci! oh! merci! Elisabeth.

Elle écrivit durant une heure.... sans pouvoir terminer sa lettre.

M. Léonard ne rentra guère qu'à minuit. Le poêle était rouge encore, mais l'atelier désert.

— Bon! dit-il, elles dorment.

Et il se coucha tout plein de la divine mélodie italienne : aussi rêva-t-il du ciel et de Marianne.

XVI.

LES ÉCOLIERS.

Il était sorti de bonne heure le lendemain, pour causer avec son ami Delaroche, sur la vente de son tableau. Cet immense sacrifice était sur le point de s'accomplir, car l'hiver était d'une âpreté menaçante. —

17.

O Raphaël ! disait-il en jetant un regard
d'effroi sur cette séparation mercenaire,
toi, mort si jeune, tu as souffert sans doute
pour quitter si violemment la vie ; mais tu
n'as jamais compris ni redouté l'indigence.
Eh ! qu'importe en effet? puisque tu as souffert : la douleur, c'est la douleur ; partout
où ce poids pend au cœur de l'homme,
c'est un boulet qu'il traîne, d'une insupportable fatigue, jusqu'à ce qu'il tombe. Ainsi,
puisque tu as souffert, souffrons.

Ondine est donc entrée dans l'atelier
avant que rien y eût été replacé encore.
Elle a regardé long-temps la place où elle
l'a vu à ses pieds ; où elle ne le verra plus !
où elle a perdu sa longue erreur, qui l'avait
tant charmée ! Quoi donc après pour Ondine? plus rien. — Est-ce de cela, dit-elle,
que ces jeunes hommes étaient jaloux?...
Elle n'a pu supporter qu'avec l'effort de la

résignation la vue de ces mêmes objets, si beaux, si animés hier! qu'elle retrouve à présent si voilés, si froids! Les toits ruissellent de neige fondue, comme sous une avalanche; les nuages pendent, on le dirait, à la hauteur du couvent, chargés d'une neige nouvelle, comme un large voile blanc étendu devant le soleil. Les dernières feuilles du treillage de la fenêtre d'Elisabeth s'envolent, jaunes et humides, dans un tourbillon de janvier; des fragmens de nids d'hirondelles partent en lambeaux dans cette haleine destructive; et en se détournant de cette scène affligée, elle a retrouvé sur la table cette petite rente annuelle pour l'enfant de la cellule. Elle a marché sur le mouchoir déchiré d'Yorick, tombé là par terre comme une voile de détresse; elle l'a relevé; elle l'a porté sur son cœur avec une sorte de frénésie, car ses dents se sont ser-

rées avec force ; et puis, en pressant ces
lambeaux comme pour les entrer dans sa
blessure, elle s'est fait mal, oh! bien mal
sous le sein. Après, elle est allée au miroir,
par une impérieuse habitude du soin de sa
chevelure, et là, elle s'est vue... c'est une
grande pitié de voir, pour la première fois,
sur un jeune visage, l'expression terne et
hâve d'une profonde douleur! Etonnée et
triste, peut-être pour elle-même, pour une
fille si jeune qui souffre au fond du miroir,
elle a compris que cette empreinte, déjà
si creuse, ne doit plus s'effacer de sa figure,
qui déjà ne paraît plus appartenir à la personne d'hier qui s'appelait gaîment Ondine.

— C'est moi! a-t-elle dit, à demi bas, à
cette ombre blanche qu'elle voyait mouvoir
et trembler de sa fièvre; oui, c'est moi : tout
est dit. Mes cheveux sont bien comme cela...
car je n'y peux toucher... Il y a toujours ce

bruit aigu dans ma tête. Je ne peux la lever. Oui, mes cheveux sont bien comme cela.

Alors elle s'est retirée du miroir avec sa pâle vision, et le mouchoir d'Yorick, qu'elle a placé sur cette blessure... — que je me suis faite, pense-t-elle, ou qu'il m'a faite, je ne sais plus... mais innocemment, lui ou moi... Qu'importe? ah! celle-là, je crois qu'elle est suffisante pour un cœur, et qu'il se refermera dessus, mon Dieu!

Tout reprit pourtant l'air du rangement habituel. Ses mains agissaient de mémoire et par l'élégant instinct de la femme, qui veut un voile sur toutes ses douleurs.

— Déjeunez, mademoiselle, dit Elisabeth, en la voyant remonter, calme, mais faible. Monsieur ne rentrera que pour l'heure de l'école; mangez un peu, cela vous fera du bien.

— Vous croyez? réplique-t-elle en essayant avec soumission quelque nourriture, qui l'étouffe. Que vous êtes bonne pour moi, Élisabeth !

— Pour qui le serait-on ? Ceux qui vous feraient du chagrin, à vous, ma foi, ils auraient du courage !

— Personne ne m'en fera, Elisabeth ; je suis, au contraire, comblée de bons procédés par tout le monde, jugez : car, par l'intérêt que vous y prenez, je n'attendrai pas le retour de mon oncle pour vous montrer ceci : regardez.

— Qu'est-ce que c'est donc ça, mademoiselle ? avec un timbre.

— Une petite rente pour l'enfant que vous avez sauvé, Elisabeth, qui vous récompensera, peut-être, qui vous consolera un jour ! les voici, déposés chez un notaire. Mon oncle vous expliquera mieux que moi... car la tête me fait grand mal.

Ses yeux qu'elle cacha sous ses mains rougirent et se gonflèrent; mais par malheur, elle ne pleura pas.

— Oh! sera-t-il béni de Dieu, ce bon M. Yorick! je l'aime... comme mon père, en vérité. Voilà-t-il de quoi remettre du baume dans le sang à la pauvre mère de douleur! J'en danserais de joie... Il faut que j'embrasse cet homme-là, une fois en ma vie, dit-elle en replaçant ses tasses dans le buffet...

Ondine ne répondit plus.

L'heure de l'école avait sonné. Elle se résolut à descendre pour échapper à la joie d'Elisabeth.

Il y avait déjà grand tumulte dans l'atelier sans chef. Elle s'arrêta un moment avant d'entrer. On parlait haut; Rodolphe pérorait; le nom d'Yorick ne circulait pas avec bienveillance dans ce petit club agité :

—S'il est venu pour nous couper l'herbe
sous le pied, répondait Hérold, ce n'était
pas la peine de lui faire tant de place! nous
le valons bien, peut-être : et nous verrons à qui M. Léonard donnera la préférence.

— Oui! oui! nous verrons! crièrent-ils
tous mutinés et en chœur.

Sans prendre le temps d'en écouter davantage, elle entre : tout le monde prend sa
place ; après les saluts pleins de contrainte
et d'affectation dont on l'a plusieurs fois offensée, un silence plein de malaise pèse sur
eux tous. De loin en loin, on rit; on se regarde en dessous; on chantonne :

Oui, c'est demain que l'hyménée!

— Bah! dit Hérold, plus piqué ou plus
hardi, crois-tu qu'elle l'épouse, ce beau té-
nébreux ?

— Parbleu! les femmes ont la rage de tout ce qui vient de loin. Les Parisiens, fi donc! ils ont le malheur d'être gais.

— C'est juste! disent les autres en se mordant les lèvres, et très-contens d'eux-mêmes.

Un silence absolu suit cette sortie, qu'ils tâchent de ne croire claire que pour eux. On entendrait une mouche voler.

— Eh bien, tout cela est indigne! tout cela est lâche, dit tout à coup Ondine, soulevée et portée au milieu de l'atelier par une colère d'ange, que la fièvre rendait courageuse; oui, c'est indigne! car je suis une jeune fille, moi; et vous me faites là des blessures dont je ne peux me venger. C'est moi dont vous parlez depuis une heure, depuis bien des jours! Je ne veux plus que l'on parle de moi. Prenez garde à des regrets amers : finissez! Sa voix était calme, mais forte et accentuée : personne n'ose répondre : on croit rêver.

— Qu'avez-vous tous ? reprend-elle, debout, exaltée, puissante, comme une petite sainte qui se justifie. Pourquoi vous taisez-vous quand je parais, quand je descends parmi vous ; quand je vous confie la nièce de votre maître, ou de votre ami ? C'est moi : c'est encore moi. Ne reconnaissez-vous plus l'élève, la fille orpheline de M. Léonard, qui vous regarde et vous traite comme ses enfans ? Ah ! oui, c'est indigne ! je vous le dis, car je suis toujours votre sœur.... Mais, vous, pourquoi donc n'êtes-vous plus mes frères ?

A cette question qu'elle leur adressait à travers un délire croissant, il y eut encore un bruit singulier dans sa tête. Elle s'assit digne et résignée sur une chaise.

Tous se lèvent, tous la regardent et crient:

— Ah ! qu'elle est pâle ! qu'elle est pâle !
Et tous se précipitent autour de cette pauvre sensitive, à ses pieds les uns, les autres
sur ses mains qu'ils serrent avec respect,
avec douleur, avec l'affection la plus tendre.

— Pardon ! pardon ! crient-ils tous à la
fois ; bonne Ondine ! doux ange de sœur !
pardon ! pardon ! nous sommes toujours vos
frères... C'est moi qui ai commencé, repren-
nent-ils tous ensemble. Mais nous donne-
rions de notre sang pour votre bonheur.

— Moi aussi ! — Moi aussi !

— Heureuse ! heureuse ! quel que soit votre
choix, nous vous approuvons ; nous ne serons point jaloux. Nous danserons de votre
joie, Ondine ! Nous serons les témoins.....
Mais ne soyez pas ainsi, pour Dieu ! si pâle,
si distraite.... Regardez-nous..... Ondine !
aimez-nous ; estimez-nous toujours !

Et tous l'accablent de caresses vives,

pures, pleines de repentir et d'affection fraternelle. Elle ne pleure pas pourtant, elle! si indulgente, si facile à toucher! Oh! rien ne la fera donc plus pleurer? Elle est donc bien ardente la fièvre qui dessèche ainsi ses yeux! M. Léonard était au milieu de l'atelier que personne encore ne l'avait entendu rentrer. Il regarde avec étonnement Ondine au milieu de tous ces jeunes peintres troublés, qui crient et pleurent presque. C'était nouveau, tout à fait surprenant.

— Cher M. Léonard! dit Rodolphe en courant vers lui, nous avons bien des reproches à nous faire!

— Des reproches! répond M. Léonard, en voyant sa nièce blanche comme un vélin, parlez, messieurs! ai-je quelque raison d'être en colère ou effrayé? Qu'y a-t-il?

— En vérité, rien du tout, mon oncle! dit-elle d'une voix douce, mais saccadée

par la fièvre ; rien, sinon que tout est bien
à présent. Ils sont là, voyez, tous dignes de
votre amitié : oh ! bien sûr....

— Non ! ce n'est pas vrai ! interrompt
Hérold les larmes aux yeux : nous sommes
tous coupables. Nous voulions tous l'épouser.

— Quelle idée ! dit M. Léonard en les
regardant d'un air surpris ; elle doit vous
être bien reconnaissante ; mais tous, c'est
impossible. Allez, Ondine, allez dire à Elisabeth que nous dînerons tard aujourd'hui.

Ondine s'éloigna, et leur dit à tous *adieu*
de la main, à plusieurs reprises ; cet adieu,
plein d'une grâce et d'une tristesse ravissante, les attendrit d'une singulière émotion. Ils se regardèrent tous comme frappés
d'une même idée, et répétèrent entre eux :
qu'elle est pâle !

— C'est vrai, dit M. Léonard. Il faut
que je la conduise demain s'hiverner aux

Tuileries ; car elle vit en serre-chaude ici, comme les fleurs dans le Nord. Vous l'avez donc un peu tourmentée en mon absence, cette pauvre enfant?

— Ah ! c'est que…. bégaya Robert.

— L'orgueil nous faisait déraisonner, avoua Hérold.

—Voici ce que c'est, interrompit Rodolphe avec candeur. Nous avons cru qu'il y avait ici quelqu'un de préféré, et que ce n'était pas un Français. Nous avons dit : qu'est-ce qu'il a donc de plus que nous pour plaire ? nous le méritons bien autant que lui ! Et là-dessus nous avons regardé Ondine, nous l'avons trouvée charmante, nous sommes devenus jaloux ; et nous avons dit des mots qui lui ont fait de la peine…. Voilà ce que nous ne nous pardonnerons jamais..

J'en suis d'autant plus fâché, dit M. Léonard, que je la laissais quelquefois au milieu de vous comme au milieu de ses défenseurs.....

Oh! si quelqu'un l'eût insultée, repartirent-ils avec chaleur, de notre sang, monsieur Léonard, nous l'eussions défendue!

— Je le savais bien, messieurs! Et il s'assit rêveur. Je puis vous assurer, du reste, que vous vous trompez sur ce jeune et honnête étranger. Il est tout voué à la peinture; et je lui prédis un succès d'enthousiasme au prochain salon. Abel pense comme moi. Après cela, s'il eût eu le cœur touché pour Ondine, j'ai la conviction que c'est à moi seul qu'il l'eût dit : un Allemand traite l'amour au sérieux. Quant à cette jeune fille, bien qu'elle commence à se former et à débrouiller passablement une palette, je crois qu'elle jouerait encore plus volontiers au volant qu'à l'amour. Je le crois.

Tout le monde fut content.

Demeuré seul et planté devant son tableau qu'il venait de vendre, M. Léonard le couvrait des derniers regards de son amour. — Va donc en Espagne, dit-il avec une résignation stoïque, et que ton heureux possesseur te place dans un jour favorable, ma belle sainte ! Je ne sais à travers quel voile je te regarde ; si c'est l'hiver, si c'est ton départ qui va dépeupler notre intérieur et affliger cette pauvre Ondine... un peu trop facile aux pleurs : je ne sais... mais je te vois nager au milieu d'une de mes teintes amères d'autrefois, de ce temps où mes yeux recélaient une couleur malade, à rendre noir le soleil même. Oh ! si ma fatale mélancolie revenait ! ou bien, si l'avertissement d'un nouveau choc faisait frémir ainsi mon atelier, car je jure que je le sens bouger... Mais, non : je ne dois rien craindre de ces

serremens du cœur; non, ce n'est pas l'a-
venir, c'est le présent qui me tenaille et
m'oppresse. L'avenir... sera beau; car je
n'ai jamais touché à un malheur sans être
comme inondé d'une fausse joie, d'une envie de danser et de m'élever de terre :
ainsi l'avenir sera beau... car, je suis comme
terrassé de tristesse!

Abel le trouva ainsi tout recueilli devant
sainte Cécile, en entrant, avec l'élan d'un
homme heureux, prêt à l'être davantage,
car il se mariait enfin! il venait le dire à
M. Léonard; il cherchait un témoin sincère
de la joie qu'il avait besoin de répandre.

— Vous viendrez, Léonard, vous me
porterez bonheur!

— Vous croyez! dit le vieux peintre d'un
air assez incrédule. S'il s'agit d'une bonne
prière, Abel, pour qu'il en soit ainsi, je la
porterai à votre mariage, soyez-en sûr.

18.

— Ah çà, dites-moi un peu, Léonard, avez-vous revu Yorick, depuis deux jours? je le cherche partout. Je veux le raisonner... le plaindre. Vous savez qu'il nous quitte?

— Je n'en sais pas un mot. Pourquoi?

— Ah! c'était inévitable; je lui ai dit cent fois qu'il se laissait fasciner : mais l'amour...

— Comment l'amour! Il est amoureux, votre ami?

— Comme moi, Léonard, mais trompé! mais joué! mais trahi!..... La plus dangereuse, la plus froide, la plus habile personne! une expérience de cent ans sous les grâces de dix-huit. En voilà deux qu'elle le traîne, à ce qu'elles appellent *leur char*, ces déités du beau monde; et lui, avec sa candeur, sa droiture, sa passion d'ange, il a cru des yeux de bals, des émotions de walse, des bouquets échangés comme par distraction : il les a poursuivis jusqu'en Italie, où je l'ai connu le plus malheureux, le plus sincère et souvent aussi le plus fortuné des hommes. Il croyait! et son étoile dès-lors, attachée à ce front de femme, tantôt attirante, tantôt dédaigneuse, l'a ramené avec elle en France, où elle le tuait d'un mot, le ranimait d'un sourire, l'aveuglait d'un regard, l'enchaînait d'une main tremblante et irrésistible! il a fait de cela un mariage à l'allemande; une union sacrée, un pacte devant Dieu : avec qui?... Avec une jeune fille, noble d'hier, mariée d'hier, je crois, à je ne sais quel autre admirateur candide, qui danse mieux qu'Yorick, et qui a cent mille francs de plus au contrat. Et lui... oh! lui, m'a fait mal avant-hier : il savait tout; il avait vu corbeille, diamans, cachemires, masque tombé! car il m'a dit qu'elle était hideuse à voir, cette coquette glacée, qui

riait à son miroir; qu'elle avait un siècle de
décrépitude, sous le bouquet d'oranger,
qu'elle s'étudiait à faire trembler sur son
front, et qu'il tenait encore dans sa main
crispée, après l'avoir arraché de ses cheveux, à cette femme de bronze et de satin,
pour lui faire sentir une minute, du moins, ce
que c'est que la douleur! et ces cheveux qui
souillaient la parure menteuse, c'était triste
et laid comme un reste d'incendie. — Non!
non, disait Yorick, c'est un faux, une mas-
carade, une écriture dépravée qui signe la
ruine d'un honnête homme. Mais, je ne
paierai pas, Abel, je ne paierai pas! elle dan-
serait avec trop de fierté, si mon cadavre
lui servait de tapis! — Et il allait partir!

— Mon Dieu! mon Dieu! que vous m'é-
tonnez, Abel. C'est donc nous qui ferons
placer son délicieux tableau à l'exposition
prochaine? Savez-vous qu'il est bien comme

un Wouvermans. Fin, correct, élégant, d'un coloris onctueux... Sa gloire au moins...

— Oh! sa gloire, dit Abel en hochant tristement la tête, sa gloire s'est suicidée, jalouse de son amour, je le crains! Nous nous nous en occuperons pour lui, Léonard. Mais, je vais le chercher encore; il m'inquiète. Je l'aime! Je n'espère pas de quelque temps sa guérison, mais elle tranquilliserait beaucoup la joie de mon heureux mariage!

— Mon Dieu! mon Dieu! que vous m'étonnez, Abel! recommença M. Léonard en le reconduisant jusqu'à la porte, qu'il tint long-temps ouverte après sa disparition.

XVII.

LA BÉNÉDICTION.

Ondine avait remis à son oncle le bienfait d'Yorick pour l'enfant presque orphelin; elle avait subi avec courage cet entretien sur le jeune homme.

—Il est donc venu dans mon absence ?

— Hier, quelques instans, pour vous dire adieu, mon oncle, et remettre dans vos mains ce papier.

— Il part donc bien prochainement?

— Il a dit demain, je crois.

— Il ne vous a rien dit de plus?

— Si : c'est un chagrin, mon oncle, qui le fait partir : il était triste... et résolu. Un grand chagrin d'amour : il aimait, sans être aimé... Vous savez, mon oncle, on fuit ou on meurt.

— C'est singulier! Je ne le croyais pas amoureux; et vous?

— Moi.... je ne m'y connais pas, mon oncle;... mais il l'était, et bien malheureux! bien trahi! bien déçu! Celle qu'il adore.... car il l'adore, se marie : et il part demain.

— Oh! ces femmes! dit M. Léonard en regardant, sous tous les aspects, la sainte Cécile *vendue*, qui allait disparaître aussi pour lui. Ondine le suivait des yeux sans le voir. Ses artères palpitaient ; la fièvre formait des cercles rouges devant ses yeux, et rendait à son teint l'éclat le plus brillant et le plus trompeur. Elle avait aussi le pouvoir de sourire, de ne pas crier des élancemens qui traversaient son front, ses tempes, serrées par des doigts de fer.

Quand le soir fut avancé, qu'elle sentit tout son être s'anéantir et se brûler sous l'immense contrainte qu'elle s'était imposée, elle surmonta le profond accablement de ses membres abattus, se leva et s'approcha de son oncle pour lui donner le bonsoir : il travaillait avec action ; il ne l'entendit que quand elle dit en se penchant sur son épaule :

— Votre bénédiction, mon oncle, s'il vous plaît !

— Quelle fantaisie d'enfant ! Est-ce que

je ne vous bénis pas à chaque instant de ma vie ?

— Votre bénédiction! mon oncle; donnez-la-moi! elle me fera bien dormir.

— A ce compte, je vous la donne cent fois, et de bon cœur, Ondine! comme si votre père était devant vous.

Elle n'osa prendre sa main, pour qu'il ne s'aperçût pas que la sienne tremblait par l'action dévorante de la fièvre. Il la regarda en la bénissant au nom de son père. Sa figure était rayonnante; ses dents, d'une blancheur éblouissante, brillaient sous ses lèvres colorées qu'ouvrait une soif ardente.

— Ces jeunes filles! disait-il en lui-même, toujours le sourire sur la bouche! Allons : c'est une consolation au départ de ma sainte... Ondine avait disparu.

— Monsieur! dit le lendemain Elisabeth

en apportant et servant elle-même le dé-
jeuner du peintre; mademoiselle est malade
et ne pourra descendre.

— Vous vous moquez, Elisabeth. Je ne
l'ai jamais vue si rose et si belle qu'hier.

— C'était la fièvre, monsieur. Sa respiration est bruyante, et sa tête en feu.

— Se plaignait-elle en se couchant, hier?

— Non... mais... Cela me revient maintenant : quand elle eut serré ses cheveux
sous un mouchoir de mousseline, et qu'elle
se fut enveloppée elle-même d'un grand
schal blanc, qu'elle noua autour de son
corps, elle poussa un profond soupir, et dit :
Que je suis lasse! Alors elle s'appuya sur
son lit avant d'y entrer; et ses bagues, passées par un ruban dans sa poitrine, lui faisant du mal, elle m'appela et me dit... tout
cela me revient, maintenant... elle me dit :

— Elisabeth, prenez mes bagues, gardez

mes bagues, je vous prie : elles me font mal. Il y en a trois, voyez : gardez-les bien.

— Oh! mademoiselle, ai-je répondu en voulant plaisanter, vous retrouverez votre nombre, soyez tranquille.

— Moi! je n'en ai pas besoin, m'a-t-elle répondu; je ne remettrai plus de bagues... Et elle tourna sa tête, pour dormir, je crois.

Elisabeth et M. Léonard se regardèrent en silence.

— Et cette nuit? reprit-il.

— Elle n'a pas bougé; la fièvre l'accable et l'attache, on dirait, à son lit. Une seule fois, j'ai cru qu'elle m'appelait, et j'ai couru : elle dormait; elle dort toujours; elle rêvait immobile. J'ai entendu qu'elle disait : — Elisabeth, si vous saviez!... prenez mes bagues... comme j'avais peint l'avenir!... Oh! les belles, oh! les mille couleurs!... l'avenir, non pas l'avenir de ceux qui vivent...

l'avenir de ceux qui aiment.... quelques jours... Et quelle heure est-il? —Six heures, lui dis-je, croyant qu'elle m'entendrait. Elle ne s'est pas éveillée depuis.

M. Léonard monta, suivi d'Elisabeth. Jamais rien de si beau ne s'était offert à lui.

Une des mains de la jeune fille tombait hors du lit; ses cheveux blonds et lourds avaient forcé leur enveloppe de mousseline, moins blanche alors qu'elle-même, et ils ruisselaient autour de sa tête d'ange... Mais quel sommeil!

— Elle dort toujours, monsieur.

— Elisabeth!... ah! grand Dieu! s'écria M. Léonard, qui s'était penché sur elle pour écouter son souffle; rien! plus rien! Criez! criez!... Qui me la réveillera?... Oh! c'est impossible que ce soit vrai...

— Vrai, monsieur! crie à son tour Elisabeth, qui demeure stupide dans une affreuse conviction.

— Sans parler!... sans se plaindre!...

— Sans souffrir. Regardez : c'est encore comme quand elle dormait.

Lui, qui ne pouvait se soumettre à croire, en épiant le réveil, un frisson, une lueur sur ces traits blancs et immobiles pour toujours, crut entendre éclater sa raison.

— Monsieur Léonard! monsieur Léonard! appelait d'en-bas la voix du concierge. Quelqu'un qui vous demande; et ce billet de faire part qu'on apporte.

M. Léonard, éperdu, égaré, descend, demande du secours.

— Du secours!... Ma nièce, mon enfant, je crois... qu'elle est morte!

Et il s'adresse au concierge et au jeune homme en livrée qui lui tend une lettre, sans oser hasarder un mot, dans la terreur où il le voit.

— Du secours! lui répète M. Léonard.

— J'y vais, monsieur... j'y vais, répond le jeune garçon épouvanté, qui se met à fuir.

Oh! la mort... comme elle balaie tout devant elle! Le concierge, déjà loin, Elisabeth qui l'avait suivi, ne ramènent bientôt que d'inutiles secours : le mouvement et la vie avaient cessé avant même la coloration. Les dents fortement contractées révèlent le foudroyant anévrose.

Le vieux peintre reçoit en silence l'arrêt qui vient rompre les derniers liens de son cœur. Que reste-t-il à subir, à ce cœur usé par l'infortune, pour que toutes les fibres n'en soient pas brisées à ce coup?

Il tint presque tout le jour, sans songer à l'ouvrir, la lettre qui lui avait été remise le matin. Tantôt il la porte sur ses yeux brûlans, tantôt il la froisse dans ses mains convulsives. On allait, on venait, on lui parlait, il ne pouvait répondre. Il ne demandait plus, il ne lisait pas : il n'avait plus rien à apprendre!

Le billet de faire part, sur lequel ses yeux tombèrent, orné d'une guirlande de roses et d'oranger, lui tinta tout à coup le mariage d'Abel, comme une raillerie lancée sur un drap mortuaire. Et puis, cette lettre enfin? est-ce encore un coup de marteau sur sa force qui l'abandonne? Il l'ouvre; il commence par la signature : c'est le nom d'Yorick, qui le fait rêver long-temps.

« Je peux devoir à M. Léonard la plus pure, la plus durable consolation dans un chagrin de mon âge, une déception du cœur, dont mon honneur a déjà triomphé.

« Je demande à M. Léonard un ange,
pour fermer cette blessure : je lui demande
sa nièce pour la femme vénérée de son res-
pectueux ami ,

« YORICK ANGELMAN. »

M. Léonard froissa de nouveau cette
lettre atterrante, et jeta vers le ciel un regard qui aurait dû en laisser redescendre
Ondine !

Un médecin inconnu se présenta vers le
milieu du jour.

— Trop tard ! monsieur, lui répondit
Elisabeth en l'y conduisant toutefois pour
le prendre encore.

— Trop tard ! répéta à voix basse et en
se retirant le médecin , touché de cette jeunesse moissonnée avant l'heure. Quel meur-
tre ! dit-il. Et il s'éloigna.

— De quelle part , donc , monsieur ? cou-

rut lui demander Elisabeth en se jetant
après lui.

—Du jeune homme qui m'amène, étranger, je crois, et qui m'attend dans ma voiture.

— Pauvre M. Yorick! Empêchez qu'il ne
vienne, s'il vous plaît, monsieur..... pas
encore, pour mon vieux maître, ni pour
lui !

Dans le cours lent, fiévreux et morne de
cette fatale journée, Elisabeth tressaillit tout
d'un coup en voyant entrer M. Léonard. Il
tenait ses crayons taillés, une feuille vierge
de vélin, et il s'assit devant le lit silencieux.

— Monsieur! dit-elle, monsieur, que
voulez-vous faire? Ah! vous n'aurez pas la
force.

—Chut! chut! répondit-il en levant avec
autorité sa main pour lui commander le silence. Et il écarta lui-même la mousseline

étendue sur ce visage si jeune, qui n'était plus alors que divin.

Il dessina trois quarts d'heure cette ombre, avec l'intrépidité de la vraie douleur.

— Que peut me faire cette épreuve, disait-il en lui-même? me tuer? Je serais trop heureux! Puis il ajouta tout bas à Elisabeth, qui veillait près du cierge :

— Si on osait parler haut tout à coup, il semble qu'elle se réveillerait !

XVIII.

L'EXPIATION.

Le lendemain, il heurta le petit carton vert qui s'ouvrit, et d'où s'éparpillèrent des dessins inachevés ; la tête de mort, plus railleuse que jamais sous ses fleurs, et une lettre commencée.

— Ah ! dit-il tristement, voilà sa petite écriture indéchiffrable, à pieds de mouche, qui fourmille de fautes... Comme je le lui disais, à la pauvre petite! A qui donc écrit-elle... écrivait-elle là? dit-il en se reprenant avec un affreux serrement de cœur. Et il s'assit, parce que ses jambes se dérobaient sous lui.

Il lut :

« Ma sœur! je vous cherche..... je vous vois. Je vous regarde!... vous n'êtes pas là, pourtant. Quoi! je suis seule, seule en moi, dans un telle destruction ! Mais non; présentement me voilà calme. Je retrouve une idée, une d'autrefois... l'idée de vous écrire.

« Savez-vous ce que je suis, ma sœur? perdue. Ah! perdue! je le crois, je l'espère !

« Ce n'est la faute de personne ; la mienne non plus. On ne dit pas à la mort :

viens! on ne lui dit pas non plus : ne viens
pas! Elle sait l'heure, et elle frappe.

« Je m'en vais à Dieu, ma sœur, prier
pour tous.... et pour moi. Ne pleurez pas,
n'ayez pas peur : j'y vais innocente. Jugez-
en, puisque j'entrevois déjà mon père, qui
est là pour me recevoir et me conduire. Je
vous regarderai d'en haut; je vous dirai :
n'ayez pas peur !

« Seulement, je pense avec crainte et angoisse... Ah! que cela fera de mal à mon oncle! son atelier désert; et puis tout cela... ce
sera si triste! Ceux qui restent ont bien du
chagrin! Qui donc mettra ma prière à ses
genoux? Vous, n'est-ce pas? Il faudra venir
de suite. Oh! parlez-lui; faites du bruit
pour l'étourdir. Hélas! je voudrais, pour
lui, m'arrêter de mourir, mais ce n'est pas
possible. Je me sens étreindre et enlever...
Je l'aime bien, pourtant, lui, que je laisse

tout seul... Oh !... il a tant aimé ! ma sœur,
sans être aimé jamais. C'est là souffrir ! Eh
bien ! ceux-là savent pardonner, j'en suis
sûre. Dites-lui... »

La lettre n'était pas finie.

La tête du vieux peintre se pencha en
arrière, et son âme s'asphyxia dans un san-
glot.

C'est ainsi qu'Yorick le trouva, privé de
sentiment, à quelque distance du léger cercueil, qui, par sa volonté, reposait dans
l'atelier sur deux chaises, et couvert... hasard étrange, qu'on eût dit combiné par un
calcul profond, couvert de ce débris de
couronne nuptiale apporté, dérobé, foulé
aux pieds par Yorick, et noué d'un morceau
du ruban lugubre, ramassé de même par la
rangeuse Elisabeth, passé au bras nu de la
Diane, qui s'élevait là comme un souvenir
de douleur ; offerte naguère à une jeune

fille qui mourait pure comme elle, alors froide comme elle, et qui dormait déjà sans haine, sans remords.

Yorick d'abord regarda courageusement M. Léonard en croisant ses mains devant lui, dans une profonde pitié.

— Il est plus malheureux que moi, dit-il. Pauvre vieillard sans force! Quelle vie, à présent, va-t-il traîner tout seul? Puis, se détournant de cette insupportable vue, il aperçut le blanc fardeau qu'il venait chercher..... Il recula. Oh! la retrouver ainsi! quel courage d'homme n'eût chancelé?..... Ce moment d'une invincible terreur passé, il s'approcha, souleva ces fleurs qu'il reconnut, et les laissa retomber sur le drap blanc comme elles.

— Horrible! murmura-t-il. Alors il mesura des yeux, avec un étrange sourire, le petit cercueil devant lequel il plia le genou, qu'il entoura de ses deux bras avec l'étreinte d'une indicible tendresse.

— C'est moi! dit-il en cherchant à faire passer son souffle à travers ce bois si bien fermé, c'est moi! M'entends-tu, pauvre enfant?..... Oh! je t'entends, moi..... trop tard!... Et il pleura.

Elisabeth entra. C'était triste aussi, les yeux rouges de cette grave fille, dans un visage plombé d'une veille affreuse. Elle reconnut et regarda Yorick, de ce regard qui l'avait une fois compris et remercié. Elle lui dit d'une voix brève, comme un avertissement bienveillant et confidentiel :

— Allons, monsieur! les voilà qui viennent, les autres : tâchez, vous, de conduire et de soutenir mon maître. Monsieur, vous irez jusque-là, n'est-ce pas?

Yorick la regarda d'un air étrange.

— Vous nous donnerez bien l'exemple du

courage, j'espère? poursuivit-elle en désignant son maître, et en jetant par trois fois
l'eau bénite sur Ondine avec une branche
de buis qui s'effeuillait

— Vous en avez eu beaucoup, Elisabeth!
Votre main.

Elle étouffa un gémissement en pressant
la main brûlante du jeune homme. M. Léonard les regardait; regardait tout, morne
et silencieux. Elisabeth, qui crut entendre
monter, sortit un moment pour guider ceux
qu'elle attendait. Son maître voulait lui
faire une demande; mais sa voix le trahit;
Yorick, qui s'avança vers lui, fit tressaillir
tout son corps; une amère douleur sécha
ses lèvres qui ne purent s'ouvrir; il se leva
pour s'éloigner, en jetant sur Yorick un
œil noir, presque haineux.

On venait enlever la douce victime : il
fallait la suivre. Tous ses frères d'atelier

montaient à leur tour pour aider M. Léonard dans ce devoir oppressant. Yorick s'avança de nouveau d'un pas ferme vers lui.

— Donnez-moi le bras, monsieur ! je vous soutiendrai.

M. Léonard se recula..... Il ne savait pas bien lui-même par quelle horreur instinctive.

— Oh ! vous ne savez pas comme je suis fort, poursuivit hardiment Yorick, et comme j'ai besoin de presser votre malheur contre moi !

Il serrait, en effet, si puissamment le bras énervé du vieux peintre, qu'il se laissa entraîner et glisser comme on voulut ; où l'on voulut. Ses jambes affaiblies suivirent jusqu'à l'église Saint-Roch, les jeunes dépouilles que tous ses élèves honoraient de leur morne silence et de leur maintien plein de deuil.

Il ne pleuvait plus à cette heure; mais le vent
glacial souleva l'enveloppe flottante du char,
et emporta dans la boue l'odieux fragment
de la parure d'une fiancée. Yorick empêcha
que M. Léonard se baissât pour le ramasser.

— Il est sale et hideux ! dit-il ; nous trou-
verons là-bas une couronne plus digne d'elle.

M. Léonard avança sans opposer de ré-
sistance. Quelque chose d'incompréhensi-
ble l'asservissait à Yorick : il allait.

Tous deux passèrent ainsi comme liés ensemble sous la draperie blanche tendue à la
porte de l'église, assez ouverte à peine pour
laisser passer l'étroit cercueil que suivait, à
pied, le cortége, un par un, la tête nue,
devancé par deux prêtres qui psalmodiaient;
une voix d'enfant mêlait sa plainte claire et
pure aux notes basses et mordantes du *Dies
iræ !*

Quelque pauvres, attirés par l'aspect de

toute cette jeunesse que suit souvent la charité, montèrent en hâte le grand escalier,
et voulurent pousser la porte fermée avec
précaution. Le Suisse accourut pour les
mettre en fuite avec sa longue hallebarde
et de gros yeux.

— Priez! dit Yorick en les consolant
d'une aumône tellement généreuse, que le
Suisse ne put se défendre de prendre une
haute considération pour lui, et de le sa-
luer, en fermant la porte au nez de tous les
pauvres qui voulaient voir. Ils restèrent toutefois patiemment rangés sur les marches
mouillées.

— Nous le remercierons du moins en
passant, dirent-ils en se montrant leurs
pièces, qu'ils cachèrent dans leur chemise.

— C'est mieux qu'au mariage d'hier : les
noces d'une fille de maréchal de France,
pourtant !

— Ah! disait un vieux en prenant du tabac, j'aime mieux les enterremens que les mariages, parce que, si on n'est pas des Ante-Christ, ça fait penser à là-haut. L'autre chose ne fait penser qu'à ce monde.

— Oh! il en sait long sur le métier, répliquèrent les autres; on peut s'y fier pour l'enseignement.

Ondine fut posée à terre au milieu du chœur, où M. Léonard; glissant du bras d'Yorick, tomba sur ses genoux, en abaissant vers les marbres son front froid comme eux.

Bien qu'un seul cierge l'éclairât, il devint facile, au bout de quelques instans, de voir que l'église était entièrement tendue de noir, ce qui frappa d'étonnement le peu de témoins de cette humble cérémonie. Une quantité innombrable de lampes sépulcrales pendaient le long de la nef, et des lustres,

ornés de longs crêpes noirs, étaient partout chargés de bougies non allumées ; des
cierges nombreux entouraient un sarcophage majestueux, à la hauteur de l'autel,
où tout le luxe de la mort régnait, couvait
dans la profonde nuit dont l'église était encore enveloppée. Yorick, préoccupé d'une
grande pensée qui le détachait entièrement
des témoins de cette scène, où se jouait
sourdement sa destinée, jugea convenable
d'élever sa morte chérie sur ce sarcophage
vide et chargé d'ornemens de deuil. Il en-
leva de terre sans effort ce poids naguère
charmant, qu'il avait deux fois porté sur
son cœur, sans en apprécier le prix, et le
plaça, avec une autorité calme, sur le trône
funèbre que le hasard élevait pour lui.

Les prêtres, étonnés, et le suisse s'appro-
chèrent vivement pour s'opposer à cette
profanation. Il ne leur répondit que par

des pièces d'or, qui les rendirent indécis et indulgens.

— Prenez garde, monsieur, dirent-ils en se penchant à son oreille, ceci est sacré; le vulgaire ne peut participer aux honneurs divins. On peut vous le dire, à vous : un grand acte expiatoire a lieu demain dans cette église fermée; demain, le remords et la foi pleureront...

— Pourquoi pas aujourd'hui? demanda Yorick avec un cœur bourrelé.

— Monsieur, répondit plus bas l'un des prêtres, ignorez-vous que c'est demain le 21 janvier!

— Un grand acte expiatoire! répéta Yorick... Dieu soit béni! c'est Dieu qui le veut.

Et retombant dans son morne silence, armé du seul cierge allumé au milieu de tous les flambeaux oisifs et ternes préparés pour la grande solennité, il fit jaillir une chapelle ardente du chœur voilé par une obscurité profonde. Il court partout où son flambeau peut atteindre et propager l'illumination funéraire. On le regarde aller, venir, agir, comme s'il était seul et qu'il fût le maître. Ses yeux sombres à travers les cierges et les lustres qu'il incendie, la pâleur effrayante de sa figure, ses cheveux dressés comme ceux de l'ange exterminateur, l'énergie imposante de ses mouvemens pleins de puissance et de volonté, étonnent et stupéfient jusqu'aux prêtres, si jaloux de leurs droits d'asile. Il monte et propage partout la lumière : le maître-autel resplendit! Yorick le regarde, avide encore, et cherche par où il finira sa lugubre illumination.

— Ici, dit-il en marchant droit à la chapelle de la Vierge. Il l'éclaire en murmurant : expiation !

Alors le Suisse, les prêtres l'entourent, l'arrêtent, et veulent le faire descendre du siége où il s'est élancé pour atteindre le dernier candelabre, le seul qui ne montrât pas encore ses lumières pleurantes; il les écarte sans insulte, et leur livrant ses mains pleines d'or, qu'il sème devant eux :

— Remplacez demain, leur dit-il, cette expiation par la vôtre. Celle-ci m'appartient, la mienne je l'achète... Laissez-moi !

On le laisse. Il va s'asseoir seul sur une stale déserte; le front terne, baigné de sueur, parcourant, d'un regard fixe et content, l'effet inattendu de cet hommage inspiré.

En repassant le seuil où l'attendaient les pauvres plantés en haie, le petit convoi fut salué d'une sourde acclamation.

— Dieu vous bénira, bon monsieur ! crièrent-ils devant Yorick; devinant par un instinct de pauvre, qu'il était le plus malheureux de tous, bien qu'il suivit, résigné comme les autres, le char qui se dirigeait assez vite vers Montmartre.

— Qu'ils sont loin, vos cimetières! dit-il, après un long silence, parce qu'il sentait chanceler M. Léonard sous son bras.

Nos morts ne sont pas exilés ainsi dans nos provinces du nord.

— C'est vrai! répondit M. Léonard, étonné de s'entendre lui parler. Mais il venait de sentir qu'ils étaient presque compatriotes.

— Il faut prendre des voitures : reprit Yorick encore loin de la barrière. Monsieur Léonard fait plus que ses forces.

On trouva qu'il avait raison. On se réglait sur lui comme s'il eût été le seul ordonnateur, le seul fort et de sang-froid. On arriva en voiture près de la grille de la morne enceinte. Un coup de sifflet aigu, auquel répondit à l'instant un autre coup de sifflet, traversa l'oreille et le cœur du vieux peintre. Les jeunes lisaient à droite, à gauche, en tous sens, les noms de tant d'habitans invisibles de cette ville de la mort : on glissait dans toutes ces bruyères arides, mouillées, éparses, semées de croix renversées, de couronnes déplacées par le vent, et flétries par le temps et l'hiver. Ils en tenaient plusieurs dans leurs mains, tous ces jeunes hommes, car ils en avaient acheté sur le chemin silencieux, pour les répandre tout à l'heure.

Un bruit lourd fit glisser le frisson dans leur rang consterné. Mais quand les fossoyeurs, qui se parlaient bas entre eux, levèrent leurs pelles pleines de terre, premier signal de l'inexplicable absence :

— Pas encore! cria Yorick d'une voix

mâle qui fit reculer tout le monde, tandis qu'il s'élançait, rapide, au fond de la fosse : — Pas encore!...

Une détonnation plus rapide que la pensée, plus aiguë que le coup de sifflet de la grille, fit accourir, trop tard, tout ce monde éperdu qui se précipita pour sauver Yorick.

Il n'existait plus, et tenait encore étroitement serrée l'arme qu'on ne lui avait pas même vu atteindre... Sa tête sanglante rougit le sable et le cercueil.

— Cruel! — cria le vieux peintre en tendant les bras.

FIN.

TABLE

DES CHAPITRES DU SECOND VOLUME.

—

PUBLICATIONS SOUS PRESSE :

MÉMOIRES D'UN CADET DE FAMILLE, par Tre-
lawnay, ami et compagnon de Lord Byron, troisième édi-
tion revue et corigée, 3 vol. in-8.   Prix : 22 fr. 5o

MÉMOIRES D'UN MÉDECIN, par le docteur Harisson,
tomes 3 et 4.   15 fr.

CRINGLES' LOG, ou la chasse du contrebandier, traduit
de l'anglais par Hennequin, 2 vol. in-8.   15 fr.

LA NONNE DE GNADENZELL, par Spindler, traduit
par Ledhuy, 2 vol. in-8.   15 fr.

UN ROMAN NOUVEAU de madame la duchesse d'A-
brantès, 2 vol. in-8.   15 fr.

UN ROMAN NOUVEAU de M. Charles Rabou, l'un des
auteurs des contes bruns, 2 vol. in-8.   15 fr.

www.ingramcontent.com/pod-product-compliance
Lightning Source LLC
Chambersburg PA
CBHW071848020726
47502CB00003B/647